妖王的報恩

卷五・永恆

完

高寶書版集團

第一咒〈丹邏〉

目錄

第一咒〈丹邏〉

第一章　惦記

黑暗中，一條瑩瑩發光的魚線蜿蜒伸向遠方。

袁香兒拉著大花順著這條細線的指引，一路向前狂奔，終於看見出口的亮光，追在她們身後的那些妖魔們遲疑地停下腳步。

大花回首看去，一個個蝦頭魚身、枝節甲殼的奇形魔物，在幽暗中望著她們，看得大花頭皮一陣發麻。

二人從出口鑽出，累得直喘氣。外面的世界不再昏暗無光，風和日暖，陽光璀璨。此刻的她們在一片亂石上，眼前是奔流不息的滔滔江水，不再有布幕似的星空和水鏡般詭異的江面。

這裡是真實的世界，總算不是畫卷中的異度空間，讓袁香兒略鬆了一口氣。

「剛剛追著我們的都是妖魔嗎？嚇死我了。」大花撫著胸口喘氣。

「不然呢？」袁香兒又好氣又好笑，沒想到自己還有這麼神經大條的人類朋友，

「我看妳剛剛吃得挺開心的啊？」

大花生性活潑，身量結實又健康，個頭比袁香兒高出一截，是家裡的長姐，也是所

有小夥伴中的大姐頭。但她其實心裡清楚，在從小一起玩到大的這群人裡，平日最安靜的小香兒，才是所有人的主心骨兒。

阿香打小就比同齡的夥伴穩重聰明，不僅識文斷字，甚至還具有一身神奇的術法。曾經有一次，同伴中的鐵牛不慎被暴漲的溪水捲走，水性明明很好的他，卻像是被水裡的某種東西拖住了，無論如何都爬不上岸，所有孩子頓時慌成一團。

那個時候，大花就在袁香兒身邊，清楚看見同樣年幼的阿香出刀劃破手指，駢指起符，向水中一點，洶湧的溪水神奇地為之一靜，鐵牛方才藉此機會掙扎著靠到岸邊，被阿香一把拉了上來。

從那時候起，大花就特別服袁香兒，有什麼事都喜歡拉著阿香問一問。

「我主要沒有阿香妳這般厲害嘛，也不曉得該如何逃跑，只好先多吃一點壓壓驚，等阿香妳來救我的時候，才有力氣跟著妳離開。」大花開始為自己的行為找藉口，順便拍了拍袁香兒的馬屁。

袁香兒很喜歡大花的性子，這樣的朋友總比遇到事情就哭哭啼啼、糾纏不清來得好。

二人來到河岸邊，寬廣的河面水流湍急，對岸是茫茫一片的蘆葦灘，再遠處便是兩河鎮低矮的城郭和鱗次櫛比的屋簷。從這裡望去，隱隱可以看見河神廟屋頂上那個顯眼的金色葫蘆。

此刻握在袁香兒手中的玲瓏金球沉甸甸的，熙熙攘攘簇擁著數十位人類的生魂。這些人離開那些詭異歌聲的控制，在玲瓏金球中穩定神魂後，都逐漸清醒過來，他們看不見金球外的世界，正茫然且不知所措地四處張望。

丹邏想用這些生靈延續自己朋友的壽命，但素白卻堅決不接受。不管活了多久，生命對每個人來說都是最為寶貴的事物。能為他人捨棄自己生命之人，不論在什麼年代都值得敬佩，擔得起神壇之上的信仰之力。

就在眼前的那片蘆葦灘頭，曾有一人白衣勝雪，獨釣寒江。在波光粼粼之上，曾有二人月下行舟，把酒言歡。

「我還以為我們是在水底呢，沒想到還在陸地上。」大花的聲音響起，她正四處打量所處的石頭岸，「阿香妳看，這裡的石頭好奇怪，生著這麼多貝殼。剛剛只顧著逃跑都沒看見。」

被大花這樣一說，袁香兒回首看去，才注意到腳下是成塊的黑褐色岩石，一路上的地面，乃至她們剛剛逃離的那座宮殿的牆壁上，全都覆蓋著密集的貝殼，這通常是水底才會出現的地貌特徵。

「是啊，這裡簡直就像是曾經位在水底一樣。」袁香兒說。

「他不習慣住在水底，於是我把宮殿升上水面；他不喜歡我吃人類，我就忍耐了這麼多年。」低沉且帶著磁性的聲音突然在空中響起。

一身黑衣的丹邏出現在袁香兒和大花眼前。它的個子很高，溼漉漉的頭髮抓在腦後，露出額心一抹刺眼的鮮紅，正歪著腦袋居高臨下地看過來。

大花被這位魔氣沖天的男子嚇了一跳，下意識往袁香兒身後縮。但看著袁香兒比自己矮一截且纖細柔弱的身板，咬咬牙，又伸出手將袁香兒擋在自己身後。

「素白前輩呢？」袁香兒問出這句話的時候，眼眶先紅了。

丹邏沒有回答。但它本人的現身，已然說明了袁香兒不想知道的結局。

素白前輩生於亂世，命運坎坷，但含德之厚，可比於赤子。

雖然只有短暫的接觸，這位先生的寬和睿智卻已經感染到了袁香兒。二人還來不及多聊幾句，對方卻先一步離開這個世界，怎能不讓人感到傷心？

「河水每天都在流淌，不知枯燥地流經了多少歲月，我才第一次交到朋友。他為什麼不能活在世間陪我？」丹邏伸出手，抓向袁香兒手中的玲瓏金球，嘴角勾起一絲殘忍的幅度，「就是因為捨不得這些愚昧又貪婪的人類！我偏要讓你知道，就算你捨不得吃，我也一樣會吃了他們。」

袁香兒拉著大花迅速後退，單手起指訣，一黑一紅的兩隻小魚游轉在身側，金光燦燦的符咒高懸半空。

雙魚陣護身，神火咒降魔。對上吃人的妖魔，她凜然不懼。

「哦？雙魚陣？」丹邏挑了一下眉頭，「我想起來了。曾經我和素白一起替余瑤找過它的徒弟，那時候的妳不過是一隻瑟瑟發抖的幼崽。」

「現在看起來挺厲害的嘛，好像也沒過去多久，人類的變化總是這樣出乎意料。」它散漫而隨意地說著話，天空卻在一瞬間變黑了。

「那麼，就讓我來會一會余瑤的寶貝徒弟好了。」

丹邏將蒼白的手指橫在唇邊，毫不顧忌地咬下，空氣裡瀰漫開一股刺鼻的血腥味。所有的法訣咒術，但凡用到施術者的血祭，威力勢必倍增。

袁香兒剛才偷走生靈的時候，這條大魚追在身後，搖頭擺尾不緊不慢。此刻因為失去摯友，胸中激憤無處發洩，反倒揪著袁香兒決一死戰，變得十分難纏且恐怖。

驚雷炸起，狂風捲地，半空中黑雲翻騰，吞吐銀蛇。彷彿翻了江河，倒傾鮫室，瓢潑大雨夾著冰雹，「嘩啦」一聲遮天蔽日而來。

水剋火，神火符威力驟降，雷聲中更有一陣古老神祕的歌聲響起，不僅使得袁香兒心神搖盪、大花痛苦地抱住頭顱，就連被護在玲瓏金球中的那些生魂也承受不住，發出一陣悲鳴。

在雷雨之中的河畔同水族交戰，還要小心護住眾多脆弱的生靈，讓袁香兒十分吃力。

但她的身側是友人，手中握著素白捨生託付的數十條性命，絕不能妥協。

她同樣劃破掌心血祭，一字一句地念誦金光神咒：「天地玄宗，萬氣本源，金光速現，降魔除妖，急急如律令！」

莊嚴肅穆的神像在驟雨中升起，金光破萬法，那傷害靈體的詭異歌聲被神光壓制，漸漸低迷。

「無聊的日子又臭又長，特別的事情倒全堆在一起發生。也好，今日便戰個痛快！」

風雨中夾雜著丹邏放肆張揚的笑聲，眉心抹著赤紅的妖魔捲著黑煙俯衝過來。

驚濤駭浪的江面掀起大浪，就在此刻，一位銀髮溼透的男子從波濤中躍出，直撲丹邏，一黑一白的兩個身影衝撞到一起，滾在暴雨如梭的雨幕間。

天空中燒紅的隕石破開雷雲從天而降。星雨雷電交織纏繞，彼此爭鋒，互不退讓。

南河的及時出現，讓袁香兒鬆了口氣。幸好它一直都在附近的河水中找尋自己，這才能第一時間抵達戰場，助她一臂之力。

「阿香，這位郎君是什麼人？妳的朋友嗎？」大花擺脫了痛苦，看著被南河刻意拉遠的戰場，心生感激。

袁香兒咳了一聲，「南河，妳見過的。」

「我見過？南河？」

大花墊著腳，既害怕又好奇地看著那些驚天動地落下的隕石。她突然想起出嫁之前，看過香兒時常抱在懷中的那隻寵物，似乎就叫這個名字。

「啊，這樣英俊的郎君，妳竟然天天把人家抱在懷裡搓來搓去。」

眼前神祕未知的生物和強大力量的碰撞，讓大花感到恐懼和緊張，又隱隱有著一種新奇和興奮。

阿香就在她的身邊，白皙的手指迅速而有力地糾纏變化，熒熒指尖勾連著天地間神祕的力量。

威壓強大的符籙伴隨著她的動作在空中亮起，符紋流轉，梵音陣陣。

此刻的阿香專注而認真，眼眸裡倒映著戰場的火光，一張臉灼灼生輝。即便瓢潑的大雨淋面，也不能奪走她半分神采。

大花突然覺得，阿香的這副模樣真是好看，原來女孩子專注地做一件事的時候，也能散發出這樣奪目的神采。

大雨中，一位長髮披散的男子，突然出現在袁香兒的身側。

「沒事吧？」它側過臉來詢問，那眉目和丰姿，讓大花不好意思直視。

「渡朔，你也來了？我沒事。」阿香看見它，明顯鬆了一口氣。

那人點了一下頭，俊朗的面孔上浮現出纖長的翎羽，伴隨著一聲鶴唳，它飛身加入了戰鬥。

這也是阿香的朋友嗎？或者說也是自己曾在她的院子中，見過的某隻悠閒自在的動物？

江面上，一隻人首蛇身的魔物飛掠而來。那隻魔物有著女性的身軀和蟒蛇的長尾，上岸後，臉上六隻眼睛齊睜，六道橙黃的光束從高處照入，破開戰場的濃霧，可以看見濃霧中翻滾著一黑一白的身影，半空中盤旋一隻威風凜凜的羽鶴，時不時扭動空間降下神威。

原來阿香的世界這般精彩，與眾不同。

大花心中湧起一股羨慕之情，突然覺得自己從前那些苦惱難堪之事，其實根本不算什麼。

嫁人後，她兢兢業業地守著腳下的一畝三分地，憂心得不到丈夫的喜愛，懼怕公婆的苛刻，盯著那些芝麻綠豆，將人生消磨在八卦瑣碎、自怨自艾中，永遠卑微瑟縮地活著。

因為大部分女子都過著這樣的生活，她便覺得理所應當。

如今大花突然發覺，其實身為女子，也可以把自己的視線越出宅院的高牆，看一看外面的世界。只要能擺脫給自己套上的枷鎖，世上其實還有許多精彩之處。

渡朔和虺螣趕到後，戰局出現一面倒的情勢，丹邏很快就被袁香兒的太上淨明束魔陣限制住行動，南河踩住它的脊背，出手切向它後脖頸的要害之處。

在南河、渡朔等眼中，這就是一個為禍人間，還掠走了阿香的敵人，是可以一口咬死的混蛋。

但袁香兒卻在此刻想起素白對她說過的話——

「這世間的人類法師，或許只有妳會在最後，稍微對它有一絲寬容。」

她當時並沒有把這句話太放在心上，在素白已經逝去的如今，袁香兒這才理解他的苦心。

或許正如他所言，在這個世間，真的只有自己才能明白他對這隻妖魔的那種心情。

若換成南河、渡朔、烏圓、胡青它們任何一個，遭到了人類的圍剿，自己必定也會和他一樣不放心。

袁香兒下意識鬆開法陣對丹邏的鉗制，她不過是略微鬆了一點，面臨死亡威脅的丹邏便不顧身軀受到的傷害，猛然掙脫法陣，縱身躍入滔滔江水之中，在嵌滿螺貝的地面灑下一路鮮紅的血跡。

「阿香？」南河不解地轉頭看向袁香兒。

袁香兒跨到江水邊，看著驚濤駭浪的江面，躊躇是否動用水靈珠下水追擊。

就在此時，半空中響起一聲清咒：「分水。」

騎著獅子的清源真人出現在浪頭上，他被此地的動靜吸引過來。

他不過輕輕吟誦一句真言，清泠的聲音沒入怒浪狂濤之中，竟然將波濤洶湧的水流生生斷開，一分為二，水底下赫然有一條負傷的黑魚。

數位騎著妖魔的清一教術士出現在暴雨中，他們的坐騎全是凶狠的魔物。這些坐騎顯然還沒完全馴服，被統一套上口罩和束具，以供驅使。

「總算找到了。」

「原來它就是罪魁禍首啊。」

「水族，抓回去也不好馴服，殺了算了。」

清一教的教徒居高臨下，審視著河底的妖魔。

丹邏突然暴起，衝破數人的包圍，化為一抹黑影向遠處逃逸。

那些法力強大的法師大怒，驅使魔獸，吆喝著緊追而去。

清源懸停在半空中，轉身向袁香兒稽首為禮，「此妖十分狡詐，奪人魂魄時總是利用媒介，從不現出真身。我等追查數日尚無線索，倒是道友聰慧，找到了它的老巢。」

他看著袁香兒沉默無言，以為她惱怒自己人半路插手。

這些名門大派出身的弟子，其實並不介意袁香兒這種散修的看法，只是顧及身分，加上對袁香兒這個小姑娘有些另眼相看，於是他笑著交代一句場面話，「道友放心，找到此妖，道友居了首功。事成後，官家給的報酬盡數都是道友的。」

人間的黃白之物，對大部分修為到一定程度的修士來說，已經沒有任何作用，對袁香兒也同樣不具任何吸引力。

「煉器的魔軀和妖丹，妳若想要，也可贈妳一些。」他留下這句話，一拍身下的妖魔，向著同伴離開的方向追去。

袁香兒回到兩河鎮上，釋放玲瓏金球中的魂魄。這些人生靈紛紛向著袁香兒躬身行禮，爾後化為流星，向著各自的家中飛去。

數十道流光一齊從袁香兒手中飛向四面八方，絢麗而壯觀。這些人的身軀幾乎都被家人照顧良好，即刻便能醒來。當然也有像張家大郎那樣，身軀已經死去，遊魂便無處可歸。

妖魔也是會吃人的，這世間既有挖取人類心臟的妖魔，也有奪人魂魄的魔物，還有會施展魅惑之術、誘惑人類的妖魅，以及只能爬到家中的屋頂上食怨而生的鬼怪。

這大概是袁香兒第一次直觀地意識到，人妖之間不可磨滅的矛盾。

回到張家的時候，張熏匆忙地迎到門口，看見自己的妻子平安回來後，年輕的秀才紅了眼眶，伸手想要拉住自己的妻子。

考慮到眾目睽睽之下，這樣的行為過於孟浪，又在將將搆到大花的袖子時急忙收回去。

那唯讀聖賢書的手指在袖子裡來回搓了幾次，終於改為向袁香兒攏袖為禮。他恭恭敬敬地施展衣袖，真心誠意地行了個大禮。

一行人被請進客廳，大花的婆婆張李氏正指著剛回魂的林氏痛罵，「像妳這種被妖魔附過身子的汙穢之物，還有什麼臉面留在世間？魔物為什麼不收了妳這個賤人？」

林氏撇開臉，一手摟著自己的女兒，一言不發，極盡隱忍。

張李氏轉頭看見進屋的大花，想到這位小兒媳婦整個人被魔物掠去，更是無法忍耐，當即扯著嗓子大罵，恨不得立刻休了她，換一個清清白白的娘子照顧她光宗耀祖的小兒子。

大花閉著嘴不說話，她從前十分懼怕婆婆的責罵，但她才剛體驗過天翻地覆的經歷，見識過力量強大的妖魔，婆婆這樣色厲內荏的辱罵，便不能再引起她的恐懼。

倒是張熏最終看不下去，上前兩步開口勸道，「母親，此……此事並非阿花和大嫂之過，咱們鎮上，少說也有四五十人遭逢此難，萬萬不能說讓大家都去死的這種話。」

他一向孝順，從不頂撞母親，這次也是躊躇了半天才把話說出口。直到這一刻他才發現，開口其實沒有那麼困難，無論說話的對象是誰，都不應該避開「理」字。他說到後半段，已經流暢自然，不再結結巴巴，氣勢也變強大了。

「大嫂和阿花才剛回來，還要操持大哥之事，還請母親先放下成見，讓她們去歇一歇。」

在這個家庭中，男權的觀念極重，張李氏早早沒了丈夫，大兒子又剛離開，家裡唯一的男丁就成了她的依靠。小兒子說的話，比兒媳婦的上千句解釋都來得有效。

即便如此，她還是憤憤不平地念叨：「我兒，你也太寵媳婦了，女人不能這樣慣，仔細過幾日爬到你頭上。」

說話間，她瞥見了袁香兒的目光。

袁香兒已在客座入座，身邊坐著胡青和烏圓，三位容貌各具特色的姝麗女子並排坐在一起，毫不掩飾地露出鄙夷的目光，看著這一齣鬧劇。

「看吧，我都說了，人類就是這樣。」

「嘻嘻，真是奇怪，大花怎麼不給她一個耳刮子?嫌手疼嗎?」

細聲細氣的調侃聲，看似密語，其實恰巧說得讓人能聽見一些。

張李氏突然打了個寒顫，雖說她沒有親眼看見，卻也聽到了兒子和女兒的述說。約莫知道袁香兒身邊的這幾位，都是些什麼樣的存在。

別看張李氏在家中一眾小輩面前作威作福，大呼小叫慣了。但面對外人，特別是她不敢招惹的詭異存在時，她是非常膽怯的。

想到小兒媳婦有這樣的朋友，心裡不由打了個哆嗦，肚子裡那些臭糞爛水，倒是不敢往外倒了。她勉強交代一句後，哭哭啼啼地在女兒的攙扶下，退向後院哭她的長子去了。

大花的注意力其實根本不在婆婆身上，而是悄悄地打量著南河、渡朔、胡青等人。特別是南河。

哎呀，這位就是阿香的心上人啊，難怪她看不上鐵牛。

此刻的南河端坐在座位上，窄腰寬肩，身高腿長，俊逸無雙，氣勢不凡。

但大花總能想起，昨日袁香兒抱在腿上的那隻小奶狗，那副被翻來翻去、任憑撫摸的樣子。一想到那個畫面，她幾乎忍俊不禁到需要舉起袖子遮住臉，才勉強不至失禮。

正襟危坐的南河總覺得哪裡不對勁。

這是它第一次以人類的模樣見到袁香兒的朋友。它悄悄地把自己從冠帽到鞋襪審查了一遍。

一絲不苟，完全沒有穿錯。

自己的表現應該還可以吧？

因為張家還要忙著辦喪事，袁香兒等人便沒有多留，早早告辭離開。

大花和她的夫君特意將他們送到鎮口。

大花眼眶泛紅，依依不捨，「多回來看看我啊。」

「一定。」袁香兒說，「妳若是想回娘家，就時常回來才是。」

她知道大花的婆家其實經濟拮据，當初會迎娶大花，多半是看在嫁妝豐厚的份上，如今多了治喪的開銷，只怕更加艱難。於是開口說道，「若有任何難事……」

大花捏了捏她的手，「我心中最大的難事，恰巧都被妳解開了。今後的路我會好好走的，倘若事事都依靠別人，處處都會是難事。只有自己站得起來，這路才能走得順遂。」

「我家大花這麼快就能說會道了啊，」袁香兒笑著告辭，「總之，有事就回來說。」

送走了袁香兒後，大花跟著張熏一前一後往家裡走。突然，一隻手慢慢伸到她眼前。

「啊？」大花沒明白。

攤在她面前的手立刻不好意思地往回縮，所幸在最後時刻，大花終於反應過來，一把抓住夫君忍著羞愧才遞過來的手。

她的手掌被握在那微涼的手心裡。

「我……很多地方沒做好，會努力改進的。」走在她前面的男人小聲說道。

「這是什麼話？夫君你哪兒都好，我從第一次見到你的時候，就滿心喜歡你，天天期待著嫁給你。」

那隻朝她伸過來的手，握得更緊了。

多鼓勵他，多說一些他的優點，我覺得他需要妳的鼓勵。

阿香說的果然沒錯呢。

「夫君……」

「嗯？」

「你看咱們家，眼下沒個進項，花費的地方卻不少，我想……只靠大嫂整日織布也不是辦法，我能不能在集市上租個攤位，先做點小買賣，補貼一下家用。」大花說這話的時候心裡有些忐忑，生怕夫君不喜歡自己拋頭露面。

她的丈夫沉默許久，沒有鬆開她的手，只是有些艱難地說道：「辛苦娘子了，此後我但凡有空，就去幫妳。」

「又怕母親不許呢。」

「娘親那裡，自然有我去說。」

離開兩河鎮的時候，袁香兒獨自進入了鎮子口的河神廟。

外面下著雨，廟宇內沒有其他香客，只有一位年邁的廟祝在為長眠燈添香油。神壇上端坐著酉水、沅水兩位水神的塑像，慈眉善目的酉水水神和素白十分相似。而人面蛟身的沅水水神依稀是丹邏的模樣，只是經過藝術加工的神像顯得威嚴肅穆，失了丹邏的那份狂傲不羈。

「又下暴雨了，今年這勢頭不對啊，」老廟祝在昏暗的角落絮絮叨叨，「沅水可是幾十年沒發過大水的，今年可別出事啊。」

「以前沅水常常發大水嗎？」袁香兒忍不住問他。

「從前這裡水患頻繁，大家都十分敬畏河神，年年祭拜，修築河堤，種植林木，以祈求風調雨順。」老廟祝聲音沙啞，動作緩慢，瞇著眼添上最後一點燈油，「這些年河神大人改脾氣了，溫和了許多，來祭拜的人反倒少了。」

他提著油桶跨出斑駁的門檻，在門外的大雨中撐開油紙傘，「降水豐虧由天，調水理水由人，倒也怨不得鬼神囉。」

袁香兒點起一炷香，在素白的神像前拜了三拜後插進香爐中，香煙裊裊一線，凝而不散。

「它快死了，請幫幫它。」一個聲音突然在廟宇中響起。

袁香兒抬起頭，神像溫和的面目在青煙之後變得有些虛幻。

「素白前輩，是您嗎？」

沒有人能完整地回答她的話，那個聲音卻不停在昏暗的廟堂內迴響。

「請幫幫它。」

「請幫幫它。」

明明是已經死去的神靈，卻因為不放心自己的朋友，繼續以某種形態滯留在天地間。

袁香兒祭出素白贈與的那一捆魚線，魚線可以指路，可以尋人。注入靈力之後，銀白的線條抬起頭來，向著遠處飛去。

天空中黑雲殘敗，雨水漸歇。

在一處荒蕪人煙的亂石淺灘上，八位術士各自占據八卦方位之一，凝神聚氣，祭出符咒，不斷念誦口訣。繁複的陣盤上，金色的法線交織成網狀，緊緊束住了一隻人身魚尾的魔物。

那魔物雙目赤紅，在金芒耀眼的魚網內拚命撲騰著尾巴掙扎。

「大膽妖魔，你頻發水患，為禍人間。如今給你一個機會，乖乖入我清一門下，以洗你之罪孽，渡你大道修行。」虛極道人背負古紋銅劍，長鬚飄飄，一派仙風道骨的模樣，立在半空中開口呵斥。

而他年輕的師傅清源，正坐在使徒的後背，曲著一隻腳，一手撐著下頜，饒有興致地看著法陣中的丹邐。

丹邐扭過頭，半張臉被鮮血覆蓋，憤恨的目光從血簾中透出，「虛偽的人類，我出生之時，此地尚未有你們人族，我化為江河，漲漫自在由心，何罪之有？憑什麼要我遷就突然冒出來的人族！」

「你！」虛極拔劍出鞘，「身為魔物，世之疾垢，竟然還敢大放厥詞。」

「笑話，何謂神靈？何為魔物？不過是你們人族的一面之詞！」丹邐的身軀動彈不得，口中卻不肯示弱，「要我說，人族才是這世間的疾症，我活了這麼久，還從未見過哪個種族和你們人類一般自私貪婪，殘酷又愚昧。假以時日終成大患、禍及天地的必是你們人類才對。」

虛極為之氣結，伸手一劍往前刺去。

清源從空中降下坐騎，攔住虛極，「有想法，不錯，這隻水族我收了。」他低頭看著趴在法陣上的丹邏，「我就不和你說虛的，你若打得過我，我活該被你吃了；你若打不過我，就得乖乖供我驅使。」

丹邏臉上浮現出黑色的鱗片，衝著清源咧開嘴，露出交錯鋒利的牙齒。

清源冷下面孔，「捆起來。」

邊上上來兩名弟子，用一個煉製過的枷鎖扣住丹邏的頭部，隨後強制反剪它的雙臂，用鐵鍊緊束，甚至連魚尾都捆住了，最後貼上制裁用的符咒。

丹邏不肯屈服，拚命掙扎，幾人合力都壓制不住，被它撞得踉蹌退開。

坐在一旁的清源伸出一根指頭，口誦真言，「落雷！」

頭頂上轟雷連響，數道臂粗的銀色閃電從空中落下，接連打在法陣中那隻拒不屈服的妖魔身上。

硝煙散開後，那隻被電刑灼傷的魔物蜷縮著身體，看著清源的眼神卻依舊凶狠，甚至還帶上一絲挑釁的笑。

「這又是何必，」清源坐在獅背上，撤去術法，放緩聲音，「我聽說你和西水水君相交甚深，並舉為河神，他不也是一位人類修士？你只要願意成為我的使徒，他給你什麼條件，我一樣能做到。你想要什麼？靈石，內丹，祕藥，寶器？教中定期供養，必定比他只多不少。」

「你這樣的人，也配提素白的名字？」

「他於我是朋友之交，你卻想視我為刀劍，化我為奴僕。」丹邐的語調裡帶上放肆的笑，「你剛剛說得不對，即便我打不過你，也未必要成為你的使徒，還有另一條路呢。」

空氣中突然瀰漫出一股血腥味，濃烈，刺鼻，非大量獻血無法造成。

清源皺起眉頭，「不好！」

他第一時間反應過來，一手將幾個徒弟往身後推，單手回身施展護身法陣。

視線被一片血霧迷惑，他的肌膚傳來久違的傷痛感。

清源被一股巨力掀翻在地，他捂住受傷的胳膊爬起身時，漫天的血雨消散，地面的法陣上留下一截斷了的魚尾。

河面之上漩渦未平，血染碧波，那隻魚妖掙斷被法器鎖拿的魚尾，以血祭爆發出威力巨大的殺招來擺脫制約，躍入水中逃脫。

只是這樣斷了尾巴，身負重傷，只怕也活不久了。

即便身死，也不願意成為供人類驅使的使徒嗎？

痴迷於圈養使徒的清源，第一次對自己的行為產生了一絲動搖之心。

就在此時，那位十六七歲就擁有眾多使徒的少女，帶著一行妖魔從天而降。

「丹邏呢？」袁香兒皺著眉頭問。

她看見了地上的血汙和那截斷了的魚尾。

袁香兒承認自己曾經產生過逃避之心，不知道該怎麼處置對人類心懷不軌的丹邏。是以乾脆不去干涉清一教的追殺行動。這一刻，看著眼前血淋淋的一幕，她皺緊了眉頭，熒熒的魚線延伸到斷尾處，在那裡停滯一瞬，轉向江面迅速延伸，那發著亮光的細長魚線一頭埋進江底去了。

「那隻妖魔太凶了，即便自殘軀體也要逃走，連我家師尊都不慎中招。」虛極從旁插了一句。

他的話還未說完，就看見袁香兒托出一枚深藍色的圓珠，那藍色的圓珠在掌心滴溜溜地轉動，散發出一層淡藍色的光澤，籠罩袁香兒的全身。

袁香兒二話不說，拔腿狂奔，在藍光的護持之下，毫無顧忌地一頭沒入驚濤駭浪的江水中。

第二章　轉世

一片茫茫不見邊際的蘆葦灘頭，野渡無人，橫著一葉破舊的扁舟。

蘆花瑟瑟如雪，舟木久無人用，身負重傷的丹邏倒在舟頭，半截斷了的魚尾拖在船外，浸泡在水面上。

它閉著雙目，渾身血色全無，一動也不動，似乎死去了許久。

一條發光的魚線從水底冒出，精準地找到了它的身軀，繞著它的肩膀搖了搖。

丹邏勉強睜開雙眼，看見緊隨著魚線走上岸的人。

「丹邏？丹邏兄？」

丹邏在迷迷糊糊中聽見有人喚它的名字。

是那個奇怪的人類吧？它不僅不害怕自己，還敢請它喝酒，很是有趣。

他的名字叫什麼？好像叫素白來著。

丹邏睜開眼，看見笑呵呵的老頭站在船頭，手裡提著兩壺酒，「阿邏，你看我帶了什麼？」

素白已經這麼老了嗎？哦，是的，他早已老去。

依稀覺得有什麼地方不太對勁，但這一刻的丹邏感到特別疲憊，腦中昏昏沉沉，無法多想，也不願意細想。

素白跨進木舟的船艙，在它身邊坐下後擺出酒盞，並打開油紙包著的小菜。眼前的一幕似乎蒙著一張半透明的紙，有些看不清，但老頭已經不知道做過這樣的舉動多少次，讓丹邏覺得熟悉又安心。

它想起第一次見到素白的時候。

那時候的它遊蕩在幽暗的水裡，沅水的水底靜逸而安穩。

丹邏從出生起就生活在這條河裡，已經不知道在這裡待了多少個年頭，幾乎同河流化為一體。那時候的時光是那樣悠長，逍遙自在又有些寂寞無聊。

它抬起頭，看見光影折射的水面上漂浮著一塊陰影，那裡應該坐著名為「人類」的生靈，划著他們自己製作、名為「船」的工具。

船上傳來悠揚的笛聲，丹邏喜歡一切音樂，它搖著尾巴靠近水面，傾聽那音質乾淨清澈的樂曲。

木質的小舟邊緣掛下一條細細的魚線，線頭穿著一個魚鉤。

丹邏繞著掛有一點食物的小鉤子轉了一圈。真是可笑的人類，想用這麼淺顯的陷阱抓到誰呢？

船上的那人吹完笛子後，傻裡傻氣地自個兒笑了，還對著月亮說話，「雖有好酒好月，只可惜獨酌無相親。」一隻舉著酒盞的手從船沿伸出，「河神啊河神，敬你一杯。」

琥珀色的液體落進了水面，傳來一股獨特的香味。

船底的丹邏想了一下，這條河就住著它一個靈體，那這杯酒應該就是給它的吧？它張口將那杯酒吞下去。

這是什麼東西？又濃烈又上頭，口味似乎不錯。

自那之後，一棹江風一葉舟，花滿渚，酒滿甌，萬頃波中得摯友。

「老白，我餓了，想吃東西，吃很多很多的東西。」丹邏睜開眼，看著坐在對面的老頭說道。

「別吃人類行嗎？你要是吃了我的同胞，我們即便不成為敵人，也沒辦法再像這樣好好相處了。」

「不行，我很餓，身體空泛得難受。」

「實在忍不住的話，我把自己的其中一條手臂分給你，反正我只要留一條就夠用了。」年邁的老者無可奈何地說。

怎麼會有這麼愚蠢的人類？

算了，自己也不想看見他少一隻胳膊的模樣。

「抱歉，阿邏，長久以來一直讓你忍耐著。」素白收起船頭的魚竿，細細的魚線在空中隱隱發光，「和我做朋友很辛苦吧？」

丹邏眨了眨眼睛，心中升起一股熟悉的恐懼感。

「多年以來總是讓你遷就我，但我希望至少能在自己離開前，為你做些什麼。」那個笑呵呵的身影說著說著就淡了，「阿邏，加油，就算我離開了，你也能找到很多朋友。」

那身影最終消散在水霧瀰漫的蘆葦叢中。眼前的世界變得清晰，唯獨留下那條蜿蜒盤桓的魚線，魚線另一頭跟著一位人類法師。

丹邏想要撐起身軀，劇痛卻如同潮水般覆蓋了感官，集中在殘缺的尾部。它這才發覺自己已經失去了動彈的體力，甚至連睜著眼都已經竭盡所能。

它只能眼睜睜地看著那個年輕的人類女郎，一步步向它走來，對它伸出手。

袁香兒解開扣在丹邏嘴上的枷鎖，卻沒有斷開將它雙手束在身後的鐵鍊。

這個妖魔即便傷重瀕死、形容狼狽，看著自己的眼神依舊銳利。

袁香兒把它扶進小船的船艙內躺好，在它身邊蹲下，「你願不願意做我的使徒？只要你受我約束，從此不任意傷人，我便不傷你性命，也絕不會肆意折辱你。」

「你們人類不是有一句話嗎？殺人者，人恆殺之。我作為一個捕獵者，早就做好了自己成為獵物的準備。無需多言，殺了我，拿走我的妖丹和骨骼便是。」丹邏面色慘澹，呸出喉嚨中的一口汙血，嘴角卻勾出一抹笑，「死了一了百了，也還不錯。對了，殺了我以後，能不能把妳不要的殘軀丟進沅水裡？我想死在裡面。」

袁香兒沒有搭理它，取出一支符筆，埋頭在船身繪製。

那是人類的法陣，符文繁複，威壓強大，隨著最後的收筆，法陣紅色的光芒亮起。

非得把我折磨到最後，才肯放棄嗎？

丹邏咽喉裡腥紅的血液一再湧出，順著脖頸流下。

它看著頭頂的天空。

這大概是我最後一次看到天空了，即便這個人類什麼也不做，我大概也活不了多久了。它心想。

但法陣的光芒亮了許久，那種強制契約的痛苦卻一直沒有到來。相反的，一股溫熱的暖流來回漫過它傷痕累累的肌膚，最終匯聚在它已經斷了的尾部上。

丹邏這才後知後覺地發現，繪製在船身上的不是強制契約的法陣，而是人類術士用來治癒傷口的法陣。

「妳……」

「天道好生而惡殺。既然你不願意成為使徒，那我就把你送去裡世，將你封禁百年。那是你們妖魔的世界，百年後，浮裡兩界通道封閉，不管你願不願意，就在那邊好好生活，別再回來了。」

袁香兒鎖緊丹邏雙手的鐵鍊，貼上制約靈力的符籙，「在那之前，我不會解開這道封印，但會治好你的傷勢，你不要胡亂掙扎傷害自己。」

法陣暖洋洋的光曬在它因為失血過多而變得冰涼的肌膚上，帶來促進癒合的輕微刺痛，引起肌膚的痙攣。

痛苦讓它清醒，溫暖卻令它的意識開始減弱，它幾乎支撐不住要昏迷過去。

「為什……麼？」丹邏紅著雙目，勉強從喉嚨裡擠出三個字。

「有一位前輩，他在臨走前特意拜託我幫你一次。」袁香兒收起地面上引路的魚線，「我十分敬佩那位前輩，就答應了。」

待南河等人趕到的時候，清一教眾人也緊隨而至。

那些術士看見小舟上繪製的金鏃召神咒，頓時譁然一片。

「道友莫非想將此妖契為使徒？」清源制止徒弟們雜亂的話語，「我勸道友一句，不必白費力氣治療它了。經在下之手緝拿的妖魔數不勝數，像它這般寧可自殘身軀，也不服管束的魔物，基本難以契約成功。」

「與其在契約之時遭遇反撲，惹來麻煩，不如趁早了結它。」

他的意思是，在這裡殺了丹邏，大家瓜分一下內丹魔軀，好聚好散。

「抱歉，我要帶它走。」袁香兒直接說道。

清一教的法師們頓時怒了：

「妳這是什麼意思？」

「我們戰鬥了數個時辰，妳卻在最後出來插手，想白白將妖魔帶走？」

「今日算是稀罕了，竟有人妄圖從我清一教手裡奪食。」

「想走？沒那麼容易！」

在他們說話的當口，所有人發覺袁香兒身後的一位使徒，已經當著眾人的面化為一隻神鶴，帶著丹邏的小舟飛上空中。

袁香兒坐上銀狼的後背，長髮在河風中獵獵，「要論先來後到，它本就是我先發現的。」

「人我這就帶走了，辛苦諸位幫忙。」

銀色的天狼向高處飛去，地面上留下一疊作為報酬的奇怪符籙。

「師尊，就、就這樣放他們走了？」虛極氣急敗壞，「這叫我們清一教的臉面往哪裡擺？」

清源真人在教中輩分極高，道法高深。只是他的性情過於隨性，沒什麼長輩的模樣，也不耐煩處理教中俗務，唯一的興趣和愛好，是蒐集各種獨特的魔物驅為使徒。

「瓜分戰利品這種事，說得再好聽，其實都是靠拳頭說話。」清源不以為意地挽起袖子，給自己受傷的胳膊念誦止血咒，「你覺得你打得過他們嗎？」

「不是還有師傅在嗎？」虛極快要跺腳了。

「我要是沒受傷，加上你們，倒可以勉強試一試，如今卻不想丟人。」

虛極愣住了，「莫非那個無門無派的女娃娃比得上師傅？」

「不是她比得過我，你看看她身後都是一些什麼樣的存在？」清源嘆了口氣，「不過是一隻瀕死的魔物，沒必要為此和他們火拼一場，彼此留點顏面，下次才好相見，人家不是也留下符咒了嗎？」

他的語氣平和，其實心中酸得厲害。

雖然清源的面貌保持得很年輕，其實歲數已然不小，修行的大道上，唯一的愛好就是蒐集各種使徒。但這世間妖魔多倨傲狂悖，使徒又哪裡是那麼容易契約的？弱小的魔物契之無用，越是強大的魔物，越難以向人類低頭。

是以這麼多年，即便是他身邊強大的戰鬥使徒，也不過兩隻而已。

倒是眼前這位十七八歲的嬌小女郎，身後竟然跟著這樣種類繁多，實力強大的使徒。不僅有九尾狐、山貓族、神鶴、螣蛇這樣罕見的大妖，甚至擁有人間已然絕跡的天狼。

為什麼小小年紀就能成功契約這麼多使徒？難道是有什麼我不知道的祕訣嗎？清源忌妒得幾乎都要咬手帕了。

一個弟子撿起袁香兒留下的符籙。

繪製符籙是一件十分損耗靈力的工作，教裡的高功法師每次開壇製符，都需齋戒三天，焚香沐浴，而後安置法壇，凝神做法，十分麻煩。是以所有教中法師都十分重視且小心地使用符籙，特別是戰鬥類型的符籙，幾乎在修真界可以作為強勢貨幣交換商品。

袁香兒能留下這麼一大疊符籙，對他們這些底層的弟子來說，其實是很令人高興的事情。

「這是什麼符咒？看起來亂七八糟的。」

「這怎麼看都像是貓爪，不太可能是符籙吧？」

「試試看吧？」

注入靈力祭在空中，那張歪七扭八的符籙很給面子地竄出一團圓形火球，火球碌碌滾遠，燒毀了一地蘆葦。

「哇，竟然是一疊火系攻擊的符咒，這樣看來，我們倒也不算吃虧。」

「那個小姑娘到底是出身何處的道友，出手這般闊綽？」

從兩河鎮飛回闕丘鎮，只用了不到一刻鐘的時間。在落地的時候，儘管小舟上的法陣還在發揮作用，丹邏卻已陷入昏迷之中。

袁香兒俯身查看，躺在船艙裡的妖魔一動不動，微微睜開的雙眼目光潰散。

幫忙處理傷口的胡青轉頭看著袁香兒，露出了擔憂的神色。

它或許就要死了。袁香兒意識到了這一點。

失去了半截身軀，在戰鬥中各種損傷，流失大量的血液，即便體質強如妖魔，也未必能挺過去。

袁香兒想起它從水中現身，攀著人類的小舟討酒喝的畫面。想到那位前輩對自己的殷殷囑託，心中有些難受。

「它的生命好像正在消逝，需要我的幫忙嗎？我可以幫上一點忙。」小白篙樹靈落在袁香兒的肩頭，它探出小臉看著瀕死的妖魔說道。

「你又獲得治療的能力了？」袁香兒大喜過望。

當初白篙樹的果實，是具有強大治癒能力的寶器，袁香兒將它種進土裡的時候也有些不捨。

想不到這一丁點大的小白篙，如今竟然生出了同樣的天賦能力，真是意外之喜。

白篙小小的身體散發出濛濛亮的白色微光，它扇動身後薄薄的翅膀降落下去，繞著丹邏來回飛了幾圈。

丹邏的睫毛微微顫抖，吐出一口微弱的氣。

袁香兒將白篙接回手心，小小的男孩已經累得直喘氣。

「抱歉，我還太小了。」小男孩有些羞愧，「只能幫到這麼一點。」

梧桐樹的樹靈阿桐飛到它身邊，伸手摸了摸白篙的腦袋，「小白已經很厲害了啊。」

袁香兒：「是的，謝謝小白，真是幫了大忙。」

白篙不好意思地撓撓腦袋，「它真的傷得太重了，如果它能住在這裡，我可以慢慢為它治療，不過它好像是水族？是不是要住在水裡？」

既然將丹邏帶回來了，要將它安置在哪裡也是一個問題。

袁香兒扶著院子中的石桌思索起來，手中的觸感冰涼，她低頭看向石桌，桌面的紋理起伏變化，彷彿蘊藏著山川大地。這張自己從小就趴在上面練字畫符的石頭桌，是師傅余瑤煉製的小世界。

袁香兒有了主意，運轉體內靈力和石桌相連。

再看之時，她已置身於桌中世界。

這裡藍天綠地，丘陵起伏，一呼一吸之間，袁香兒感覺這世界的一切，都在熱情地歡迎自己。

那種熟悉的感覺，就像師傅當年從身後伸過手，握住她的手掌，把自己的所學一點一點地教導給她。

很快，流轉在筋脈中的靈氣和腳下的大地、遠處的山脈，乃至這裡的每一片草葉都連在了一起。

她從那位溫柔的師長手中，繼承了這個小世界的控制權，成為這個世界的主宰者。

袁香兒抬手摸了一把臉，發覺自己不知何時已經淚流滿面。

即便不在家這麼多年，這個家仍然處處遺留著師傅的心意。

袁香兒運轉靈力，腳下的大地隨著她的心境漸漸發生變化，深深地陷了下去。

草地上出現了一個湖泊，湖水漸漸匯聚，蔚藍如鏡，山水相連。

等丹邏睜開眼睛的時候，發覺自己躺在一個小小的湖泊之下。陽光透過晃動的水面投下斑駁的色彩，柔軟的水草在它身邊搖曳，周圍的聲音十分嘈雜，似乎有不少人正在說著話。

一個梭狀的陰影出現在水面邊緣，它的投影滑過丹邏的面孔。

那是一艘它曾在水底看過無數次的小船。

「推到這裡就可以了？要整個推進去嗎，烏圓？」說話的聲音聽起來很稚嫩，像是一隻年幼的小狐狸。

「推推推。三郎，錦羽，把它推下去，我們好跳上去玩一玩。」

「咕咕……咕咕咕。」

柔軟的水草貼著丹邏的臉頰迅速生長著。

透過波光粼粼的水面，它看見水岸邊一位年輕男子的倒影。那個男子有著控制植物的能力，正向著湖心伸出手，施展催生植被的木系術法。

「這樣就可以了嗎，阿香？是不是也要在岸邊種點什麼？這裡空間很大，布置得漂亮一點，以後烏圓、三郎、錦羽和我弟弟也可以時時進來玩耍。」那個人說。

「有道理，那就在湖邊種點蘆葦，再來些果樹，辛苦你來幫忙，時複。」

蕭蕭葦草一叢一叢地出現在水岸邊，似雪瑩白，如絮茫茫。

一道人類女子的身影出現在丹邏的視線中，她手持一截竹枝，沿著湖岸邊走邊專心致志地繪製著什麼。

那個人說素白臨走之前，將自己託付給她，所以她從一眾法師的包圍裡，把自己搶了出來。

「歇一會兒吧，阿香。這麼大的法陣太辛苦了。」那人的使徒這樣和她說道。

「沒事，最後一點了。」袁香兒臉上的汗珠順著臉頰流下，掛在下巴尖，最後打破冰涼的水面，蕩開一陣溫柔的漣漪。

沾著朱砂的竹枝筆走龍蛇，曲終收劃，法陣天成。

似乎起了一陣風，天地間的靈氣開始匯聚，無形的氣流慢慢變成一個漩渦，向這個法陣而來。

這是聚靈陣，柔和的靈力匯進湖水中，滋養著水底受傷的妖魔。

「它好點了嗎？不知道什麼時候才會醒來。」一個狐狸耳朵的少年把腦袋從船沿伸出來。

「我們要不要丟點吃的東西進去？吃一點東西才好得快，小魚乾可以嗎？」貓耳朵的少年貼著它露出臉蛋。

「不行吧，我看人類釣魚都是用蟲子，魚應該喜歡吃蟲子，讓錦羽去抓一點蚯蚓吧。」說這話的少年看起來像是一個真正的人類。

「咕咕咕……咕咕。」

躺在水底的妖魔始終睜著雙眸，眼前碧波搖曳，水草含煙。

水面上一舟如舊，人間溫柔。

它想起素白在最後對它說的話——

「我希望至少能在自己離開前，為你做些什麼。」

「阿邏，加油，就算我離開了，你也能找到很多朋友。」

保住了丹邏的性命，順利完成河伯的囑託，又開拓了小世界的新用途，袁香兒非常開心。

她在晚飯的時候，一邊吃著師娘煮的酸辣粉，一邊把在兩河鎮的經歷說給她聽。

「素白嗎？」雲娘詫異道，「他是妳師傅的朋友，從前時常來家中做客，有時候還會帶著一位身著黑袍的朋友。」

「想不到他已經仙逝了……」雲娘嘆息一聲。

晚上的時候，袁香兒端著衣物去浴室洗澡，正巧碰見化為天狼、打算進浴池的南河。

「別跑啊。」她一把逮住她的小狼，「我保證只會幫你搓搓背，絕不搗亂。」

「師傅是水族，大概很喜歡泡澡，我們才能使用這麼舒適的浴室呢。」袁香兒看著浴室裡的浴池，想起自己的師傅也是和丹邏一樣的水族。

小小的銀狼背對著袁香兒蹲在浴室的地上，任憑袁香兒給它打滿泡沫，刷洗後背的毛髮，一小搓溼漉漉的尾巴搖得正歡。

「為什麼要變得這麼小？」袁香兒從一旁的浴池中撈出溫水，一邊幫小狼清洗身體，一邊和它說著悄悄話，「明明什麼都做過了，還會覺得不好意思啊？」

突然間，人形的肩膀和脊背溼淋淋地出現在袁香兒的視線中，緊實有力的胳膊伸過來，一下把袁香兒撲倒在煙霧氤氳的水中。

滴水的銀髮貼著光潔的肌膚蜿蜒而下，男人低下頭來舔她的耳垂，聲音帶著灼熱的慾望，「如果不變得那麼小，我會忍不住。」

愛使壞的袁香兒一下翻過身來，按住蠢蠢欲動的天狼，一本正經地說，「不行，說好這次不搗亂，必須先洗乾淨。」

「別變回去，就這個樣子。」

「再跑就用天羅陣啦。」

浴室的水聲響了很久，氤氳的水氣帶上了一股濃郁的甜香。

大概是真的把每一個角落都細細洗過一遍，才花費了這麼長的時間。

在兩河鎮一戰成名的袁香兒，成了許多人口中的傳奇人物，對她的稱呼也從「自然先生家的小徒弟」變成了「袁先生」。

找上門來求助的人漸漸變多，可惜的是，這位袁小先生似乎行蹤縹緲，時常不在家中。

「雲娘，阿香今日在家嗎？我三姑家的表弟想請她幫忙點個金穴。」隔壁的花嬸站在院門外往裡看。

「哎呀，她不在呢，不知又溜到哪兒去了。」雲娘抱歉地說道，視線卻時不時落在院子裡的石桌上。

自從發現了石桌內的小世界，袁香兒和大家一起動手，將裡面多番改造，構建湖泊、搭建房屋，讓裡面成為一個供大家消遣放鬆的世外桃源。

此刻的桌中世界已和去歲全然不同，不再是單調無邊的荒野丘陵。

入得裡面一看花木成畦，草長鶯飛。藕花湖上，荷葉田田。湖畔木屋數楹，軒窗臨水。或有烏圓頑皮，領一眾小妖呼嘯而過。或有野鶴橫渡，狐曲悠悠。湖面之上，一隻天狼伴著袁香兒水枕輕舟，風船解月，懶問人間世事。

這一日，袁香兒在搖搖晃晃的扁舟內小憩，她明明閉著雙眼，卻似乎能看見外面的世界。

船頭上出現了一位身著白袍的老者，正笑盈盈地看著她。

「素白前輩，您怎麼來了？」袁香兒爬起身來。

素白攏袖行了一個大禮，「老夫今日是來辭行的，我心願已解，再無牽掛，可往來生。先生所為，素銘感五內，卻無以為報，僅有一言相贈。」

「尊師困於南溟，非人力所能及。但得徒如此，惠澤眾生，合應有綿綿福氣，或現一線生機也未可知。」

袁香兒一下從夢裡醒來，朗朗乾坤，淼淼煙波，四野無人，唯有南河在舟頭打坐。

哪裡有夢中河神。

尊師困於南溟，非人力所能及也。

夢裡，那位前輩似乎這樣對她說。

袁香兒趴在小舟的邊緣尋找水底的丹邏。

人身魚尾的妖魔從水草叢中游過，色澤淺淡的魚尾紗絹搖曳在幽暗的湖底。作為水族，一度失去了最為重要的尾部，丹邏曾以為自己必死無疑。但那個人類卻將它安頓在這片水域，為它設陣療傷，時時看顧。

時隔數月，斷尾已經逐漸恢復，它依舊活在這個世間。

丹邏浮上水面，露出半張面孔，一言不發地看著船上的人。

袁香兒取出兩個酒盞，「聽說你喜歡喝酒，我特意準備了一壺秋月白，喝一杯嗎？」她注滿兩杯酒，向前遞出一杯。

浮出水面的妖魔慢慢靠近，繞了半圈，始終看著她不說話。

袁香兒傾倒酒杯，將酒水倒入湖中，「我就當你喝過了。跟我來吧，我帶你去一個地方。」她攤開手心，一團熒熒發光的魚線抽出絲來，向著遠方蜿蜒而去。

「素白前輩的魚線，可尋想尋之人，可解無解之路。」袁香兒看著丹邏，「你知道我此刻想的人是誰嗎？」

丹邏的眼眸突然亮了，帶著一點莫名的希望抬頭看向她。

袁香兒坐在南河的背上，飛行在曠野之中，懷裡抱著一個透明的石英罐子，裡面裝著一隻有著半截尾巴、顏色淺淡的黑色小魚。

此刻正值傍晚，金烏西墜，落日熔金，天邊霞雲淼淼，江山一碧萬頃。

為了不驚嚇到人類，南河飛得很高，腳下滑過絲絲縷縷的浮雲，兩道銀鏈似的河流於廣袤無垠的大地上蜿蜒交匯在一起，合而奔之，滔滔東去。

袁香兒：「到兩河鎮了呢。」

那隻黑色的小魚貼著罐子的底部，看著河流交匯處那一小塊城郭，不知道在想些什麼。

一條細細長長的魚線從袁香兒的手掌中飛出，向著斜陽的方向延伸，銀白的天狼乘風追逐其後。

雲霞盡染之時，熠熠生輝的細線投向地面一座熱鬧繁華的城鎮，沒入一戶庭院典雅的富貴人家。

落地之後，聽見廂房中傳來嬰兒嘹亮的哭聲。一路尋覓飄搖的絲線順著哭聲，堅定地沒入了窗戶中。

庭院裡穿錦著緞的丫鬟們滿面喜色，「夫人終於生了，還是位小少爺呢！我高興得幾日都睡不著。」

「誰說不是呢，老爺夫人這般慈善為懷，膝下卻一直孤單，如今可喜天賜麟兒，後面才是享福的日子呢。」

袁香兒皓腕之上的手鐲微亮，祭起遮天環隱去身形。

他們避開人群，小心進入那間屋子。

屋內的光線有些昏暗，這是一戶殷實富裕的人家，喜得子嗣的熱鬧歡欣還不曾退去，照顧嬰兒的奶娘和丫鬟在屏風外竊竊私語，新生兒則被安置在一個柔軟的小床內。

「小少爺肩頭的這個魚形胎記真是特別。」

「是啊，不僅狀態像魚，頭頂還帶著一抹紅，活靈活現呢。」

「老爺看了很是高興，說這裡有個吉利的說頭，叫『錦鯉游肩』，是大富大貴的命，現場就給少爺取了名字，就叫佑魚，佑魚少爺。」

「真是個好聽的名字。少爺生在這樣的家庭，必定是有福之人。」

女人們說話的聲音漸漸變小，僅留著一位中年的嬤嬤在屋內看守。忙碌興奮了一天的嬤嬤坐在角落，坐著坐著便開始打瞌睡。

她在半夢半醒時睜開眼，依稀看見一位渾身黑袍的俊美男子站在光影中，扶著嬰兒床向內看去。

僕婦揉了揉眼睛，定睛一看，傍晚橘紅色的陽光透過窗紗照進屋子，朦朧的光線中翻飛著細小的塵埃。

哪裡有什麼俊美郎君？

小少爺的手伸出了繈褓，在陽光裡抓著什麼，發出令人欣喜的笑聲。是睡迷糊了吧，真是一位可愛的小少爺，必定是有福之人。嬤嬤笑咪咪地再次閉上了眼。

南河和袁香兒隱匿著身形站在窗邊。

人類剛出生的幼崽看起來稚嫩又可愛，南河還是第一次見到。

『這位就是妳說的素白嗎？』它有些好奇地向繈褓內張望。

袁香兒：『是的，是素白前輩的轉世。在我還很小的時候，這位前輩受師傅所託，到我的家鄉找到了我。』

兩人在腦海中說著只有彼此能聽見的悄悄話。

『這麼說，用這樣的法器就能尋覓到投胎轉世後的生命嗎？』南河看著袁香兒手中那一捆亮著微光的魚線，眼眸也亮了。

『但也未必每一次都生而為人呢。說不定會變成一隻小豬，一條小魚，或是一棵樹。』袁香兒把魚線收進袖子裡，搓了搓南河的手，『即便還是人類，也不再是前世的那個人了。』

她想起昨日在睡夢中，素白前輩和自己告別時說的那些話。

「太好了前輩，這麼說您投胎轉世後，我們還能找到您？」

那位前輩有些無奈：「雖然是這麼說，但新生之人會有全新的記憶和身軀，已經不算是老朽了，而是一個全新的生命。今日之後，世間便再無我素白。」

袁香兒的笑容又凝固了。

「您不必為此難過，雖然素白已經消失在這個世界上，但我依舊滿心歡喜地期待著下一趟旅程。」白髮蒼蒼的老者淺笑輕言，看淡生死，他只掛心自己的友人。

「丹邏它身為妖族，天性率真固執，我擔心它過於執拗於我的離世，一世不能擺脫心結。」他立在船頭，低頭看著水底那身受重傷的朋友，「它還有很長的人生要過呢。所以我想請您告訴它，死亡並不算真正的消失。」

袁香兒張了張嘴，心中忍住不住地難受。

堪破生死，物我兩忘，成為超越生命的存在，大概是所有修行者最終的目的。但千百年來，又有幾人能夠真正做到呢？即便是像師傅那樣豁達淡然之人，依舊心甘情願地被攔在「情」字上。

素白看向她，問了一個難解的問題：「袁小先生，您覺得判定人之所以為人的根本為何，依靠的是我們的肉身還是靈魂？」

這個問題難倒了袁香兒，她兩世為人，穿越重生，即便脫離了軀體，但她依舊覺得自己是同一個人。

可是如果沒有帶著記憶重生，僅僅是把自己的靈魂托生到一隻動物或是妖魔的體內，沒了往日的記憶，那麼袁香兒也會覺得那是另一個生命，不再是原本的自己。

「或許關鍵在於記憶？」袁香兒帶著點迷茫，這個問題對她這個年紀的人來說，還是過於深奧，「應該說，用這具身軀體悟世間善惡所產生的記憶、三觀和思維，總總方面，才成為我袁香兒這個人。但凡缺少其一，都不能算是我了。」

「真不愧是自然先生的弟子啊，難得年輕又通透，有了您，這世間或許再多一層變數也未可知。」素白笑吟吟地點頭，他的模樣漸漸變得淺淡，「我去也，珍重，我的朋友們。」

『阿香，妳怎麼哭了？』南河輕輕推了袁香兒一下，把她從恍惚的回憶中喚醒。

她摸了一下臉，臉頰有些溼漉漉。

『說起來都明白，終歸還是捨不得啊。』袁香兒嘆了口氣，瞅著沒人注意，伸手圈住南河的腰，把臉頰貼在它帶著溫度的胸膛上，難得撒了嬌，舒緩一下自己的情緒。

手中的魚缸已經空了，黑衣長袍的丹邏站在小小的嬰兒床前，正低頭看著床內的男嬰。

它斷了的魚尾尚未痊癒，化為人形的雙腿便虛軟無力，需要以手撐著床沿的欄杆，才能勉強支撐住身體，但它雙目一眨不眨地盯著繈褓內那個稚嫩，幼小，充滿生命力的小小人類。

手腕上束著封條的鐵鍊微微響動了一下，丹邏向著那個全新的生命伸出手。這是一個奇怪的幼崽，他不是素白，可以說和素白沒有任何相似之處，卻莫名讓丹邏有了一種熟悉且安心的感覺。

丹邏的手指懸在半空中，想要觸碰卻又無從下手。那個嬰兒卻從繈褓裡掙脫出一隻手，一下抓住了丹邏的手指，發出快樂的笑聲，小嘴還吐出了一個口水泡泡。

好傻，這怎麼可能是素白。丹邏心想。

不過確實有點像，素白他不就是喜歡傻乎乎地笑嗎？

嬰兒揮動雙臂時，露出了一小截肩膀，那白嫩的肩膀上有一塊小小的黑色胎記，形狀像是一尾魚，自由自在，無拘無束，額頭染著一抹鮮紅。

原來他沒有消失，只不過是換一種方式活著罷了。

丹邏那顆一直以來被某種東西壓著的心，突然變得輕鬆，終於得以鬆一口氣，輕飄飄地落在實地。

『丹邏它好像笑了。』南河對袁香兒說。

『啊，真的，原來它也會笑啊，大半年的時間了，我以為它只有一種表情呢。』

缸。

離開此地後，袁香兒坐在南河的背上，飛行在天地間，手裡捧著那個透明的小魚

「素白前輩說，讓我帶你來看看，好讓你不再那麼難過。」她對著在魚缸中擺動魚尾的丹邏說話，「我現在就帶你去裡世，那裡是妖魔的世界，靈力充沛，遵循著你們自己的法則，在封印中睡一覺，醒來後就好好在那裡生活吧。」

或許它並不願意，但丹邏是以人類為食的妖魔，袁香兒身為人族，這是她權衡之後做出的決斷。

此刻的腳下是雲林落日，萬頃青山。古樸而深沉的天狼山山脈很快出現在視線中，那萬疊青巒深處蘊藏著另一個世界的入口。

「進了裡世，我就把你手腕上的鐵鍊封條解開，找一個風光秀麗的湖泊把你藏在湖水下，你覺得呢？」

「我不敢和烏圓他們說，不然那幾個小傢伙可能捨不得你，會哇哇亂叫地跳起來。」

袁香兒說著話，一路飛進天狼山，在一個水光瀲灩的湖泊上懸空停下。

他們離碧波蕩漾的水面只有一臂之遙，清澈漂亮的石英魚缸被袁香兒舉在水面，丹邏身上的枷鎖已除，但這魚缸上早已細細繪製了封印妖魔的法陣。

只要這一鬆手，小魚缸便會帶著丹邏一起沉入水底，讓它陷入長久的沉睡中。

這一沉將是百年身，等丹邏醒來後，或許浮裡兩界的通道已經不可尋覓，那時候袁香兒也早已不在人世，他們便再也沒有機會見面了。

「這是渡朔的翎羽，是它讓我留給你的。」袁香兒將一片特殊的羽毛放入透明的魚缸內，讓它漂浮在水面上，「雖然簡單了一些，但用來遮蔽你的身形、不讓誤入的妖魔發現應該沒有問題，等你醒來後可以繼續留著用。」

「對了，時複還送來了很多蘆葦的種子，他讓我撒在湖水邊，這樣你百年後醒來，這裡的風景會和你的家鄉很像，或許就不會覺得不習慣。」

袁香兒發覺自己的話有些瑣碎，她不知道自己為什麼說了這麼多。

從兩河鎮回來後，已經過去了大半年的時間。天天看著湖底的那條魚在水裡游來游去，看著它嚴重的傷勢漸漸變好，慢慢長出尾巴，心裡也對它多了一份熟悉感。

已經不能再像當初那樣冷冰冰地鎖住它，也有了離別之時的不捨之情。

「之前捆住你的雙手，此刻又強迫你進入裡世，真是抱歉。」已經是最後了，袁香兒盡量讓自己溫和一點，「你還有什麼需要嗎？我會盡力為你辦到。」

丹邏和從前一般沉默無言，甚至連尾巴都一動不動了。

就在袁香兒將要鬆手的時候，透明罐子裡的小魚突然搖動尾巴游了半圈。

袁香兒不知道它想表達什麼，南河卻突然說了一句：「你如果想留在浮世生活，現在就開口，否則沒有機會了。」

罐子裡的小魚又游了半圈，就在袁香兒以為它什麼都不會說的時候，一個低沉而獨特的聲音突然響起，「不過就是幾十年，也沒什麼不可以。」

袁香兒沒聽明白。

南河無奈地替它補充了一句：「它的意思是，人類的壽命不過只有幾十年，做妳的使徒也沒什麼不可以。」

「真的嗎？」袁香兒這下高興了，用雙手將魚缸舉起，「你真的願意和我們一起生活嗎？」

此時明月在山間升起，月華灑落大地，石英清澈的光澤攏著水中那隻不好意思的水族。

它擺動了一下魚尾，終究沒有說出否認的話。

第三章　求教

雲娘提著一大桶洗好的衣物走進院子。

「師娘，讓我來吧。」南河看見後，伸手接了過來。

南河身高腿長，動作俐落，很快就在院子裡的樹木間牽起晾曬衣物的繩索，將一件件溼衣服垂掛起來。

雲娘也就收手，站在一旁笑吟吟地看它。

阿香的這位郎君，雖然平日裡話不多，又是妖族，卻十分體貼細心。相處久了便能看出來，它十分努力地適應著人類的生活方式，是真心實意想和香兒過一輩子的。雲娘欣慰地想著。

而且還非常容易害羞，不過是這樣看著它一會兒，那背對著自己的身影就有些不自然了。

袁香兒和胡青從廚房跑出來，端著一盆剛出鍋的油炸丸子向石桌的方向走去。

「師娘，我進去裡面一會兒。」袁香兒指著石桌，和雲娘打招呼。

「師娘，廚房的午食都準備好了。」胡青也跟著打招呼。

兩人打完招呼後，直接蹬上桌面消失不見。

烏圓領著三郎和錦羽掀開層層衣物，一窩蜂地衝過來鬧騰著：

「炸丸子，炸丸子，我聞到炸丸子的味道了。」

「快到桌子裡去！」

「咕咕咕，咕咕。」

三個小傢伙看見雲娘，剎住了急匆匆的腳步，規規矩矩地打招呼。

「師娘。」

「師娘。」

「咕咕。」

不知道為什麼，大家都習慣跟著袁香兒一起喊她師娘。

如今的錦羽在雲娘眼中，也漸漸能看清楚模樣了。

雲娘特別寵溺這三個小朋友，「快去吧，小心炸丸子被吃光了。」

小傢伙們歡呼一聲，跳上石頭桌面，很快消失不見了。

雲娘從南河手中接過空了的木桶，往屋裡走去。她站在簷廊上抬手遮眉，看了看天邊有些暗淡的雲層，「好不容易放晴了一天，可別再下雨了，今年的雨水未免也太多了一些。」

在石桌的小世界裡，烏圓幾個蹲成一排，一邊吃著燙嘴的丸子，一邊看著丹邏練習走路。

丹邏扶著湖邊木屋的牆壁，走得有些勉強。只是走上幾步就面色發白，不得不停下來喘口氣。

「別勉強，先休息一下吧？」三郎有些擔心地說。

「是啊，你明明是魚，不能走路也沒什麼吧？雖然我們一直喊你上來玩，但也不急在這麼一會兒。」烏圓有些不好意思，這些日子它總喜歡趴在船邊，拿著毛毛蟲挑逗一直沉在水底的丹邏，想要這隻少了半截尾巴的黑魚上來陪自己玩耍。

「過來坐一會兒吧？」袁香兒從水榭裡伸出腦袋。

水榭裡的所有人就著一大盆熱騰騰的丸子，擺上酒水，坐在一起小酌。

丹邏走得有些緩慢，它扶著欄杆，慢慢地用新生的雙腿靠近那個熱鬧的圈子。好幾隻胳膊伸到它眼前，助它一臂之力。

「來，喝一杯嗎？」袁香兒斟酒舉杯相贈。

這一次，丹邏沉默了片刻後，從她手中接過那杯酒。

天空中隱隱傳來雷聲，屋子裡的袁香兒從成堆的典籍中抬起頭來，看向窗外，「又要下雨了？師娘早上才剛曬了衣服呢，最近的雨水未免也太多了。」

她嘀咕了一句，繼續把頭埋進如山一般的書籍裡，查找著關於南溟的記錄。

自從在小星盤中看見師傅所在的地方，又被素白前輩告知師傅余瑤被困於南溟之後，袁香兒就開始埋頭尋找前去南溟的辦法。

可是無論從哪一本書籍裡翻閱到的記錄，無一不指出南溟在大地的盡頭。那裡赤紅的懸崖深不見底，海水詭異且變幻莫測，無數強大的海妖穿行其中，是一個沒有人類能涉及的恐怖地帶。

當然，最艱難的還是它的位置離中原地區有萬里之遙，即便借助渡朔和南河的速度，也需要耗費幾十年的時間才能抵達。

袁香兒沮喪地趴在凌亂的桌面上，幾乎要把腦袋抓禿了，「難道就沒有其他辦法了嗎？」

「咕咕……咕咕咕咕。」錦羽兜著袖子出現在窗外，墊著腳伸長脖子叫她。

「啊，錦羽，你說有人找我嗎？」袁香兒放下書籍，牽著錦羽的手往外走。

大花提著禮物，出現在院子的門外。

「大花？妳回娘家啦？」袁香兒開開心心地把自己的好友請進客廳。

大花穿著一身簇新的小袖對襟旋襖，梳著一個清爽的高髻，髮髻上別著出嫁時袁香兒給她添妝的金釵。

人曬黑了一些，精神卻比上一次見面的時候好了許多，眉目間添了神采，行為舉止俐落大方，又有了出嫁前那副爽朗的模樣。

她把手裡的一疊食盒擺在袁香兒的桌上。

「好香的味道，這是什麼？」袁香兒問。

「都是一些小菜，有醬豬蹄、涼拌脆腸，還有蜜汁叉燒，都是我親手做的，記得妳從前很喜歡。」

「真好，最近嘴饞，正想著呢。」袁香兒在道謝後接了過來，「妳最近得空弄這些東西？」

「阿香，妳上次來見我的時候，我沒有戴這枚釵子，因為那時家裡的日子艱難，被我典當了。」大花摸了摸髮鬢上的金釵，有些不好意思地說道，「雖然妳當時沒有開口詢問，但那時我心中十分緊張，怕被妳問上這麼一句。」

她握住袁香兒的手：「我是屠戶的女兒，也沒有別的本事，從小就只學過料理家裡肉攤剩下的材料。去年妳走了之後，我想了又想，咬牙在市頭開了個滷水攤子，幸得神靈庇佑，生意尚可。時至今日，總算緩過氣來，能將妳送的釵子贖回。今日是特意戴來給妳看的。」

「真的嗎？妳婆婆沒有反對？」袁香兒替大花感到高興。但她也知道，雖然大花的婆婆貪圖他們家的嫁妝，卻依舊看不起她父親是個屠戶。這個時代的讀書人家都看不起經商為生的商戶，想不到大花那個霸道的婆婆，竟能同意她拋頭露面地擺攤。

「我婆婆自然是不願意的。」大花攤了攤雙手，「但家裡已經揭不開鍋了，夫君還要讀書進學，總不能靠我變賣嫁妝，和大嫂沒日沒夜地刺繡換錢。婆婆她固然反對，可是我拿定主意，只要夫君支持我，她便是摔鍋摔盆子，罵天罵地，我也不搭理便是。」

「不錯，不錯。這才是我家大花。」袁香兒拍她的肩膀。

「況且去年的秋闈，夫君他落榜了。」大花湊近袁香兒，並不介意和自己的閨密說起失落之事，「落榜後，原先那些異常熱情的親戚們，臉色都冷了下來。婆婆自己也覺得沒意思，早已端不起架子了。」

「妳夫君還年輕呢，怕什麼，別給他壓力，慢慢考便是。」袁香兒安慰道，她想起上次見到大花的夫君張熏，那位年輕郎君的後腦杓，扒拉著無數陰沉的大小魔物，顯然因為各方面壓力過於緊逼而不堪重負。

她拿出符紙，沉心靜氣地繪製了一張符籙。指尖靈活變動，將之折成三角符後遞給了大花。

「這是驅除邪祟、安穩心神的符籙，讓妳家夫君佩戴在身上吧。」

大花喜出望外，起身福了一福。

「近日雨水太多了，春汛凶猛，水位上漲，就連我們兩河鎮上的河神廟都被大水淹了。雖然我家地處高處，但我爹娘還是不太放心，特意派遣阿弟把我和夫君一家都接過來住。」

「河神廟被淹了嗎？」袁香兒心下有些唏噓，想不到沒了丹邏的肆意行動，兩河鎮依舊發了大水。

「是啊，老人們都說，沅水已經幾十年沒有大漲過了，合該有這麼一回，便是河神大人也庇佑不住了。」大花一面唏噓，一面又有些欣喜，「不過能住回娘家一段時間，我是十分開心的。妳不知道，我爹可不像張家那些勢利眼的親戚，他只知道郎君是個讀書人。不僅單獨給夫君一間安安靜靜的書房，還整日賢婿、賢婿地叫著，讓他只管專心讀書，啥也不用想。」

她想起父親對待夫君的態度，不禁笑了起來，「她還讓我阿弟多和夫君親近，學幾個大字。嚇得我阿弟整日叫苦連天。就連夫君自己也說，住在我家輕鬆了許多呢。」

「那再好不過了。」袁香兒真心為自己的朋友感到高興。

窗外突然下起大雨，大花起身告辭，免不了面露憂色：「也不知道這雨再下下去，鎮上會變成什麼樣子？」

袁香兒送她到門口的時候，張熏正從斜對門的院子裡出來，打著傘特意來接她。

「這麼幾步的距離，何必特意來接我？」大花口裡埋怨，臉上卻是甜甜的笑。

兩口子手拉著手，和袁香兒告別。

袁香兒看著雨簾中成雙的背影。曾經趴在年輕郎君背後的大小魔物們，已經不見蹤跡。或許落榜對他而言未必是壞事，反而讓他澈底放下心中過度的包袱。

那位曾經不堪重負的少年郎君，此刻持著竹傘挺直了脊背，護著自己的妻子在雨中同行。

這場大雨接連下了數日，各地沿河的城鎮不可避免地發起了大水。

闕丘鎮地處天狼山的山腳下，地勢較高，加上袁香兒領著使徒，在洪水來臨之前全力護持，有驚無險地渡過了洪峰。

但兩河鎮的辰州沅水沿岸，乃至洞庭湖畔的鼎州，都遭遇了多年不遇的特大水患。

袁香兒站在兩河鎮附近山脈的頂峰，看著腳下渾濁的江水滔滔東流。

就在不遠處的兩河鎮，那間熟悉的河神廟已經被洪水淹沒，唯有廟頂上那個金色的葫蘆，在滔天洪波裡露出一小截神廟曾經存在過的痕跡。

鎮裡的百姓拋棄家園，爭先逃亡。無數人類在天災中流離失所，曾經繁華熱鬧的小鎮如今滿地泥濘，哀嚎遍野。

南河立於空中，引星辰之力改變地貌，盡量疏導洪水，為鎮內的人類爭取逃亡的時間。

渡朔站立山顛，運用空間之力加固河堤，擋住洪波。

胡青等人也各自施展妖術，盡量在不引人注目的情況下協助鎮上的居民逃亡。

即便如此，死傷還是在所難免。

袁香兒站在山頂上，眼睜睜看著洪流中一具已經失去生命的兒童屍體和破損的傢俱雜物，一起從她眼前打轉著漂過。

而在她身後的山腳之下，無數同類拖家帶口，冒著暴雨在泥濘的山路中艱難行走。

人類一度覺得自己十分強大，直到面對大自然的威力時，才發現自己的力量永遠顯得那樣無力且弱小。這個世界的任何一種威力，都能隨時將那些陽光璀璨的時光碎裂一地。

她只能盡量不去看過於悲慘的一幕，立足於風雨之中，冷靜驅使靈力，為那些在災難中掙扎的同類盡一份力量。

「想不到道友也來了。」一個有些熟悉的聲音在附近響起。

袁香兒睜開眼一看，是清源帶著那些清一教的弟子。

那些戴著竹笠、身著水合服的術士們個個渾身溼透，鞋襪上布滿泥濘，顯然已經和袁香兒一樣，奔波勞累了多時。

袁香兒稽首為禮，「前輩辛苦了。」

「修行之人居天下靈氣為己身，能者多勞，力者負重。閒時隱居山林，亂時為蒼生出力，本是我派教旨。」清源雖然一身泥濘，但坐在他的使徒背上，依舊是那副雲淡風輕的模樣，「倒是小道友年紀輕輕，孤身一人，卻能守護一鎮百姓，令人欽佩。」

「前輩謬讚，綿薄之力，怎麼能和前輩相提並論。」

雖說二人都是修行之人，但一直在江湖間行走，沒有矛盾的時候，也都很擅長互相抬轎子。

這裡正說著話，江水中翻出一隻人身魚尾的妖魔。

渾身溼漉漉的丹邏回到袁香兒身邊，「我已經拓寬了水道，也把泥汙清除掉了。」它把溼透的頭髮抓到腦後，根本不看眼前的清源，只和袁香兒說話，「這次水患來勢洶湧，我傷勢未癒，法力不足，眼下也只能做到這個程度。」

袁香兒認真地和它道謝，「謝謝你，丹邏。」

清源瞠目結舌地看著那位自己折騰許久，也沒有到手的妖魔；看著它額心那道顯眼的契約印記，澈底失去平靜淡然的模樣。

「妳、妳又多了一個使徒？妳到底是怎麼將它收為使徒的？」

在丹邏出現的時候，袁香兒面上繼續和清源如常說話，實際上卻側過身，擋在丹邏的身前，暗暗做好防禦的準備。

不管清一教的這些人對丹邏是什麼態度，如今早已不同往日，丹邏已經是她的使徒，她絕不會再讓別人當著她的面，傷害丹邏分毫。

清源還來不及表明態度，那隻懸浮於空中、引星辰之力治水的銀白天狼從空中降下。

星光璀璨的毛髮，巨大而雄健的身軀，實力強大的妖魔護在袁香兒的身側，冰冷的雙眸微微瞇起，警惕地看著眼前這群不受歡迎的術士。

一聲水聲響起，人身蛇尾的女妖撐著山石出現，長長的尾巴捲成了半個圓圈，把袁香兒繞在自己的保護範圍內，六隻眼睛居高臨下地虎視眈眈。

更遠之處，漫天水霧之中，各種形態可怖的瞳孔或明或暗地透過雨簾看了過來。

它們都在戒備著，防止清源傷害眼前這位和它們訂下契約的女子。清源的心中產生了一種微妙的怪異感，他下意識摸了摸自己麾下的坐騎。

那是一隻人面獅身的妖魔——程黃。

程黃凶猛而嗜血，是一位戰鬥力強大的使徒。此刻的它口上戴著加了符咒的嘴套，身上束著枷鎖，四蹄化為黑煙，載著清源浮在半空中。

清源得到程黃之後十分高興，要將強大的妖魔契為使徒分外艱難，因而他格外珍惜這隻使徒，時時給它各種營養豐富的食物和靈氣充沛的靈玉，小心飼養了多年。

但他覺得如果自己陷於危險之中，只要沒動用使徒契約，程黃必定不會維護自己，甚至有可能藉機咬自己一口。

「它已經是妳的使徒了，我抓到它也無用，不會再對它怎麼樣了。何況，這個時候能有一隻水族幫忙，不知道能拯救多少天下蒼生的性命。我再怎麼想要使徒，也不會這般不分輕重。」清源舉起雙手，退後了一些，闡述了利害關係。

因為南河和渡朔都停下了術法，洪水的水勢瞬間變得洶湧，年久失修的堤壩立刻岌岌可危，而著急向高處避難的鎮民還不曾全部脫離險境。

幾位清一教的法師立刻靠近山崖邊緣，開始整齊劃一地念誦退水咒，結成法陣護住堤壩。他們動作嫻熟，在帝鐘的清響中，誦讀之聲浩浩，顯然已經施展過無數次這種退水的法陣。

此刻天空還在淅瀝瀝地下著雨，這裡的每個人從頭到尾都溼透了，滿身泥濘，一臉疲憊。

這些穿著草鞋、裹著黃泥的法師們，和那些在大雨中逃亡的難民幾乎沒什麼區別。

就清源此刻的模樣，如果不是坐在威風凜凜的魔物身上，換一頭黃牛給他，也完全不覺得違和。

不論是在周德運的府邸中，還是在京都的仙樂宮，袁香兒在這個世界所見過的修士，無不喜歡端著超然物外、仙風道骨的架子，一個個彩袖雲冠，纖塵不染。

這還是袁香兒第一次見到這麼狼狽的修士。

比起仙樂宮那些衣著華美，動輒排場浩大的一群人，袁香兒覺得還是眼前這些肯在民間行走，解百姓之危的修士順眼一些。儘管自己不久前還差點和他們大幹一場。

有了清一教的協助，袁香兒的壓力小了許多。她把自己休息用的折疊小几端到丹邏的身邊，拉它坐下，照顧身體尚未恢復的使徒，「阿邏，你休息吧，剩下的交給我們就好，你的腿還沒痊癒呢。」

可惜的是，他們才剛結下契約，袁香兒並不熟悉丹邏的性格。若是非要它為人類出力，它可能會抵觸不肯作為。但這會兒袁香兒照顧它休息，自己和其他同伴卻沒有停下來的意思，丹邏反而不高興了。

袁香兒剛準備運轉體內剩餘的靈力，就聽見身後「嘩啦」一聲響，轉過頭看去，只見渾濁的江水中，一抹黑色的魚尾一甩而入。

「丹邏這麼辛苦地幫忙，它真的是太好了。」袁香兒忍不住感嘆，她向身邊的南河伸出雙手，「小南也辛苦啦，休息一下吧。」

南河的星辰之力能克山川異變，最是適合治水，所以它從一開始就完全沒有停下來過，而靈力的損耗也是所有人當中最大的。袁香兒有些心疼它，下意識祈求南河將身形變小，讓她抱抱。

儘管十分疲憊，但在這麼多人的面前，南河還是有些不好意思跳進袁香兒的懷中。但它對出現在袁香兒面前的所有異性，都有著戒備心理，特別是有過黑歷史的人類男性。

為了宣示自己的主權，它迅速變為小狼，占據了袁香兒的臂彎，示威性地扭過頭，在那群道士身上掃了一眼。

嗯，不是老，就是醜，應該沒有人能和自己搶香兒。

南河高興起來，衝著袁香兒搖了搖尾巴，在她的撫摸下放鬆身軀，很快睡了過去。

清源按捺不住地湊到袁香兒身邊討教，「小道友，我真的很好奇，那隻魚妖桀驁不馴，寧死不屈，妳到底是怎麼馴服的，才能讓它這樣聽妳命令？」

「我沒有下命令，是拜託它，我拜託它幫我這個忙。」

袁香兒一手抱著小小一團的南河，單手祭出一張符咒，也不吟唱，只用白皙的雙指在空中一點，那黃色的符籙便懸停空中，幻化出一頂金色的帳篷向山腳落下。

山坡上不斷滾落泥水山石，山道上是匆忙趕路上山的災民。幾個落在隊伍後頭的老者行動緩慢，閃避不及，只能抬起頭來，發出驚恐的呼喊聲。

一位年邁的老婦人舉起胳膊擋在眼前，此時，一道金色的光芒從眼前閃過，落石明明就快要砸到身上，卻沒帶來任何一點痛苦就被彈開了。

「金帳護身符用得這般純熟，能夠靈犀一點，單手引符，以道友的年紀來看真是難得啊。」清源厚著臉皮，拍了拍袁香兒的馬屁，但他其實對袁香兒一點都不感興趣。唯一能吸引他注意的，還是他心心念念的使徒，「但是使徒就是使徒，不論是『命令』還是『拜託』，其實都是一樣的啊？左右它們都無法拒絕。」

「不一樣。」袁香兒看著清源座下的那隻人面獅身獸，覺得十分殘忍。

「對我來說，它們是朋友。丹邏身為妖族，它並沒有義務為人類的災難出力。我很清楚它能夠前來幫忙，是因為看在我的份上，是我請求它們前來幫忙。等事情結束之後，我會好好感謝它，感謝這些朋友為我的付出。」

「妳的意思是，妳以妖魔為朋友？哈哈，小姑娘這個想法倒是少見。」

清源顯然並不贊同袁香兒的觀點，但他為人隨性，對於和自己認知不同的觀念，並沒有表現出過度的反感，反而想和袁香兒繼續探討。

「不過道友和魔物講究平等是沒有意義的，這個世界沒有被賜予的尊重，一切和平的前提都在於實力的對等。要知道，當初妖魔是世間的主宰之時，也從未和我們人類講過平等。畢竟這是一個實力至上的世界。」

「我們人類其實是一個脆弱的種族，之所以會有今日的局面，依靠的並不只是實力。」袁香兒敷衍了一句，連日治水救濟災民，已經耗盡體力，懶得和他過多爭論。

此刻堤壩加固，洪峰漸小，兩河鎮的居民基本都已經遷上高地，她召回辛苦了許久的大家，向山下走去。

袁香兒越是不說，清源就越發好奇，一路跟著她下山，「道友走慢一些，妳我同行，我還和道友細細討教。」

他那一群年紀都不算小的徒弟們，無可奈何地收拾法器，跟隨著師傅的腳步下山。他們每一個人都知道，自家這位年紀過百的師尊，無論是在教中還是江湖的名頭都十分響亮。但只要一遇到使徒問題，他就能瞬間毫無原則。

此刻便是故態復萌，絲毫不顧及輩分和身分，跟在十幾歲的小姑娘身後，一口一句請教去了。

作為徒弟的虛極幾乎沒眼往下看，無奈那人是自己的恩師，再怎麼不可靠也沒有徒弟置喙的餘地，只好強忍羞愧，跟隨下山而去。

「道友妳看，我其實也想對程黃友善一些。」他解開身下那隻魔獸嘴上的枷鎖，那人面獅身的魔物齜著利牙，朝著清源的胳膊一口咬下去。

清源對此早有準備，及時抽身後退，同時手掐指訣，啟動契約。那隻魔物露出痛苦的神色，四蹄化為一團黑煙，趴在地上，發出憤怒的人聲，「住手，你這個臭老道！」

清源小心靠近，重新給它套上枷鎖，方才一臉羨慕地看著窩在袁香兒臂彎中，睡得安心又放鬆的南河。

如果這隻黃毛獅子也能這樣溫順地和他親近，那他簡直連做夢都會笑。

「據我所知，擁有強大的使徒，又能如臂指使之人，莫過於洞玄教掌教妙道。」他憾憾地把自己剛發過脾氣的使徒拉過來，牽在身後邊走邊說，「洞玄教的法子我知道，舉凡不服之使徒，一律封進國師的山河圖裡受無間地獄之刑，那是一種讓妖魔不斷遭遇折磨，又反覆為它們治癒的刑罰。」

他撓了撓自己本來就凌亂的頭髮，提著手上的韁繩，「雖然我希望它們能順從，但終究還是做不到，所以我們清一教的使徒也只能這樣了。」

「道友，如果妳能把妳的法子詳細告訴我，我可以贈與任何妳想要的法寶或靈玉，妳一定是有什麼特殊的法子，比如……不一樣的結契法陣？」清源湊到袁香兒的身邊。

袁香兒停下腳步，突然想起一事，她摸著手裡的毛球，轉過身看向清源，「清源真人，你知道該怎麼去南溟嗎？」

「南溟？那個地方既危險又遙遠，幾乎沒有人類到過那裡，妳為何要問此事？」

「我有一件必須要完成的事，一定要去一趟南溟。如果你能告訴我去南溟的辦法，我就把自己契約使徒的法陣詳細告訴你。」

「果然是有獨特的法陣啊。」清的源眼睛亮了，又為難地抓抓腦袋，搓著手想了半天，最終說道，「我清一教乃是三君祖師爺一脈相傳。師祖有絕地通天之能，行走人間之時，做過無數造福人類的大事，教中有手札記載，祖師的足跡曾涉及南溟北虛。妳若是一定要知道，可隨我前去昆侖，問一問我教掌門，她應該知道當年師祖前去南溟的辦法。」

三君祖師是舉世公認的尊神，曾在這個世間留下無數神蹟。世間幾乎所有修真門派，不論洞玄教還是清一教，都供奉著三君祖師。不論在哪個城鎮，幾乎都設有三君祖師的廟宇。但若細述淵源，這位傳說中的聖人確實出身於昆侖山。

因而祭拜三君的儀式，在靠近昆侖的北地更為盛行。袁香兒在和周德運、仇岳明北上的旅途中，曾被黃沙阻擋在雁門關，在那個黃沙漫天的日子裡，依舊看見路上的居民風沙無阻地抬著三君聖像遊行，沿途百姓無一不虔誠禱告，頂禮膜拜。

原來這位神君曾經到過南溟。

只要有人去過，那麼便有到達的可能，到了昆侖，便可詢問當年這位神君前去南溟的辦法。袁香兒心中不禁升起了一絲希望。

袁香兒等人下山的時候，遇到了本地的地方官員。他們帶著一群扛著各種工具的卒役，行路匆匆，忙著救濟災民。

看見了清一教的法師們，官員們紛紛迎上來，感謝法師們的幫忙。

他們的心中都直道僥倖，兩河鎮多年沒有發過大水，疏於防患。這次洪水來勢匆匆，若不是請得清一教的高人出手相助，守住河堤，百姓的死傷必定更為慘烈。

清源的徒弟之一虛極道人出面應對。他正要解釋自己等人抵達這裡的時候，袁香兒已經在此護持兩河鎮，卻見袁香兒早已事不關己地抱著她的狼自行離去。

更為苦惱的是，自己的師傅根本沒打算和這些官員應酬，居然直接撇下他們這些弟子，跟在那位袁小先生的後頭走了。

虛極年逾半百，面白有鬚，性格沉穩，是這些人當中外表最具仙風道骨的一位，所以他們一行人和外人打交道的時候，多半是推他出面。

因此外人幾乎都不知道，那位總是跟在隊伍最後，看起來毫不起眼的懶散年輕人，才是他們的師傅。

此刻的清源真人根本管不上徒弟，一心只想從袁香兒口中，撬出一些成功契約使徒的關鍵。一想到自己有機會和袁香兒一樣，擁有眾多實力強大的使徒，他那一顆沉寂已久的道心，幾乎要重新燃燒起來。

袁香兒沿著洪水退卻的河岸往回走，儘管她竭盡全力地保全了不少人的性命，但天災之威非個人之力能相抗，沿途依舊有不少房屋和顧及不上的村落被洪水淹沒，放眼望去滿目瘡痍，斷壁頹垣。

泥濘的道路上，無家可歸的生者掩面哭泣，茫然不知歸途的死者魂魄在世間遊蕩，各種大小魔物在混亂無序中滋生。

一對年輕的夫妻抱著他們剛從水禍中死去的女兒，母親無法接受愛女突然離世，幾近崩潰，拚命親吻小女孩滿是泥汙的雙眼，呼喚她的乳名，想將身體還有一絲溫度的女兒喚回人間，「妞妞，我的妞妞快醒來，不可以，不可以！」

她高大強壯的丈夫緊緊擁著自己的妻女，無聲落淚。

就在這簇擁在一起的夫婦身邊，站著一位衣冠齊整，梳著雙髻的小女孩，她愣愣地看著痛哭流涕的父母，還不明白發生了什麼事。

「阿娘、阿爹，妞妞在這裡啊？」

袁香兒在經過他們身邊的時候，突然翻出手掌，掌心滴溜溜地轉著一枚玲瓏金球，那金球鈴聲清響，在那個小姑娘肩頭撞了一下，女孩猛然向前一撲，撲進父母懷中的那具身軀裡。

哭泣中的男子突然察覺到，一隻小小的手摸上了自己的臉頰，他難以置信地睜開眼。

「阿爹，莫要哭。」他視若性命的小女兒正摸著他的臉開口說話。

「娘子，娘子，妳快看！」男子手足無措地推自己的妻子。

失而復得的一家人欣喜若狂地相擁在一起，夾雜著哭聲的歡笑從身後傳來。

「啊，真好。小先生心地這樣善良，想必從小就是在這樣幸福的家庭中長大的。」清源說道。

袁香兒沒有說話，只是回首看了那位被父母緊緊抱在懷中、視若珍寶的女孩一眼。

第二咒〈程黃〉

第四章　訣別

因為打算前去昆侖，袁香兒需要先回闕丘鎮和雲娘等人打聲招呼。清源彷彿怕她跑了一般，厚著臉皮跟著她同行。沿途所見，但凡遇到需要出手相助的情況，袁香兒都沒有迴避過。

令她有些意外的是，清源似乎也很習慣行走在市井間，和她做著同樣的事。

袁香兒忍不住問道：「修行之人，修的是自身長生久視之道，不應該清靜無為，避世潛修嗎？前輩的所為似乎有所不同。」

「別聽那些歪理。」清源說道，「所謂入世出世，沒有真正的入世，哪來的出世之說？一味避世苦修，非但得不到真正的清靜，只怕也無緣大道要義。」

「前輩這番話，倒和家師的處世觀有幾分相像。」

「我也真想看看到底是哪個傢伙，能教出像妳這樣特別的徒弟。」

兩人一路說著話，很快就回到了闕丘鎮。因為地勢的緣故，加上袁香兒重點護持，這裡幾乎沒有受到此次水患的影響。鎮上的鎮民往來行走，買賣交易，和往日一般熱鬧溫馨。

清源跟著袁香兒沿著鎮頭的石橋向內走，路過的鎮民們都熱情地和袁香兒打招呼。

「阿香回來啦。」

「袁先生回來了。」

一位在路邊販賣茯苓糕的女郎拉住了袁香兒，把她背在後背的孩子給袁香兒看，「小先生，能幫我看看我家的娃怎麼了嗎？從昨夜開始就哭鬧個不停。」

這是一位十分年輕的母親，背著小孩出來擺攤做生意，孩子卻哭鬧不休，急得她滿頭是汗。袁香兒看似隨意地拍了拍她的肩背，卻在暗地裡把扒拉在她身上的六腳魔物扯下。

飽受驚嚇的嬰兒終於停止了哭泣，很快陷入沉睡之中。

「行了，下午有空的話，到我家來拿一個祛病符就好。」

袁香兒象徵性地收了她幾枚銅板，女子千恩萬謝，把一塊熱騰騰的茯苓糕包好，硬塞進袁香兒的手中。

提著那塊糕點繼續向前，橋頭站著一個黑首從目的巨大妖魔，袁香兒把那塊熱騰騰的糕點放在它手中，從它手裡得到一枝新開的山茶花。

「哎呀，這裡真好啊，和外面一比，簡直就像是世外桃源。」清源四處張望，「妳都是這樣和妖魔相處的？哦，好像也沒什麼，那是袜，性情應該比較平和。」

正在橋下忙著搬運貨物的時複看見袁香兒，抬手和袁香兒打招呼，「阿香回來啦。」

「我回來了，晚上帶著時駿一起來我家吃飯吧？烏圓都想他了。」

「行，一准去。」時複用毛巾擦了擦汗，他看起來已經很適應人類的生活了。

「那、那是什麼？」清源拉住袁香兒的袖子，一臉詫異地盡量壓低聲音，「剛剛那個少年看起來像人類，身上卻藏著一種遠古的血脈。沒錯，我絕不會看錯，那是上古神獸。」

「是的，他是混血兒，他的母親是龍族。」

「龍、龍、龍……」清源結巴了，「妳居然還認識龍族？」

袁香兒無奈了：「你別拉著我啊。」

雖然清源的年紀不小了，但身為修士又服用過駐顏丹，容貌看起來十分年輕，這樣和袁香兒站在一起，不免引人注目。

正和數位衙役一道巡視街巷的陳雄看見後，走上前詢問，「阿香，這位是？」

陳雄住在袁香兒的對門，是袁香兒幼年時期的玩伴。

「這位是清一教的法師。」袁香兒給他們介紹，「陳哥，我要出一趟遠門，一年半載都說不準，還請你有空去照看師娘。」

「妳又要出遠門？妳去年才剛回來的。」陳雄心裡有些難過，他從小就愛慕阿香，拜託自己的母親給雲娘暗示了多次，都只得到委婉的拒絕。

如今看阿香學藝有成，這樣四處遊歷，看起來對自己一點心思都沒有，他也只能默默把那份酸澀咽回肚子裡。

辭別了陳雄，清源邊轉頭邊問道，「那位是阿香的意中人嗎？」

袁香兒：「你是不是眼力不太好，我的道侶是誰，難道還不夠明顯嗎？」

她把自己抱了一路的南河舉起來給他看，南河睡了一路，在迷迷糊糊中聽見袁香兒公開承認自己是她的伴侶，心裡一陣高興，伸出舌頭舔了舔袁香兒的臉。

清源的三觀頓時碎了一地，自從認識了袁香兒以來，他的各種觀念不斷被顛覆，已經不知道該說些什麼才好。

「妳能和妖魔這般親近，不會是因為這個緣故吧？」他回頭看了看自己身後器宇不凡的使徒，苦著一張臉，「若是要以身侍魔，我可做不到。」

袁香兒哈哈大笑：「前輩，看你這個樣子，我真該問一下你的年紀。」

「老夫多年苦修，不過也才突破內視期抵達煉形期罷了，有了退病強身之勢，約莫活了一百五十個春秋。」

烏圓不喜歡這個欺負過丹邏的人類，忍不住刺激他，「啊，已經這麼老了？都快有我一半的年紀了，難怪沒人願意和你一起玩。」

回到了家中，大家既疲又餓，集體嚷嚷著要吃東西。

雲娘知道他們治水辛苦，早早準備了十幾隻烤乳豬，在院子裡支起烤肉架，喊大家一起燒烤取樂。

一時之間，滿院奇香伴隨著胡青的琵琶聲，遠遠傳遞出去。

清源坐在成群的妖魔之中，和完全沒有戴枷鎖的妖魔們共進晚餐。

這讓他很不習慣，他繃緊了身體，隨時準備應對有可能突然撲過來咬自己一口的妖魔。

一隻小小的樹靈輕飄飄地停在他的肩頭，「幫我拿兩塊烤肉好嗎？」那穿著裙子的小精靈還沒有一根手指高。

「好……好，當然。」清源在烤豬上刷了幾遍蜂蜜，小心烤熟後，將香酥的肉片托在小碟子裡遞給它。

「謝謝你，你真是個好人，我果然很喜歡人類。」小樹靈提著裙子轉了個圈，彎腰向他行禮，雙手捧著比自己的身高還要高的碟子，搖搖晃晃地飛走了。

從小到大，教導清源的師傅就反覆告訴他妖魔的凶殘恐怖之處，給他灌輸人魔之間互為死敵，有著不可調和矛盾的觀念。

清源摸了摸剛才被妖魔停過的肩膀，活了一百多歲了，這還是第一次有魔物主動接近他。

有點可愛。

一隻巨大的飛蛾張著詭異又華麗的翅膀，從空中降落下來。它顯然是常客，不用招呼，便理所當然地直接混進這個群體中。

那是冥蝶，積怨而生的魔物，理應憎恨所有活著的人類。

只見那隻巨大的冥蝶化為一位人類幼女的形態，赤著腳走了過來，挨著清源坐下，「我聽說你有延長人類壽命的丹藥。」女孩抬起臉和他說話。

天啊，他竟然可以和冥蝶坐在一起說話，而不是打得天翻地覆。

「確實有。」清源十分緊張，扣了三四張符籙在手中備用，「只是數量稀少，十分珍貴，而且只能延壽十年。」

「我想和你換一枚。」那位六七歲模樣的女孩說道。

清源不理解一位能活數千年的妖魔，要延壽丹做什麼。

厭女盤膝坐著，白嫩嫩的小手托著腮，用黑黝黝的眼眸看著清源，「我的朋友是人類，她的年紀已經很大了，我想和她相處久一些。」

「但是……」

「自然是不會白要的，聽說你想要使徒？我認識一隻九頭蛇，它想到人間界玩耍個幾百年，正好可以做你的使徒。」

「九頭蛇？」清源一下來了精神，搓著手略顯猶豫，「若是如此，當然可以。」

「不過我有一個條件，它只願意用阿香的那種法陣和你締結契約，你應該知道阿香的契約吧？」

為了不在這位小女孩面前顯得過於無知，清源迅速點頭，「知道，她說她很快就會教授給我。」

跟著過來真是明智的選擇，九頭蛇那樣的魔物，想想就讓人興奮呢。

等幫袁香兒找到了去南溟的辦法，學到她的獨門法訣，那時候是不是就能像這樣，有一院子的使徒了呢？清源突然被巨大的幸福砸到，覺得自己連做夢都會笑。

雲娘正忙著串各種清洗好的蔬菜，想著等大家吃完烤肉後，再吃點蔬菜解解膩。

如今的院子裡總是這樣熱熱鬧鬧，真是好，讓她得以在各種忙碌中淡忘心中的傷痛。

袁香兒接過她手中的竹籤，「我來幫忙，師娘。」

「妳歇著吧，治水多辛苦啊，人都瘦了一圈了，好好待著就行，讓師娘烤給你們吃。」雲娘笑盈盈地將袁香兒最喜歡的蘑菇，串上了燒烤用的竹籤。

「師娘。」袁香兒斟酌許久，終於開口，「我本來不知道是否該告訴您，但我想了半天，還是希望無論什麼事，都和師娘您一起分享。」

「是什麼事啊，這麼神神祕祕？」

「師娘，我打聽到師傅的下落了。」

雲娘的手一鬆，一顆小小的蘑菇滾落到她的腳邊。

雲娘下意識伸手去撿那顆蘑菇，又往竹籤上串，串了幾次卻沒能串進去。

袁香兒握住她冰涼的手，輕輕喊了一聲：「師娘。」

雲娘這才抬頭看她，愣了許久，方說了半句話，已經掉下淚來，「阿瑤它……還好嗎？」

在袁香兒的心目中，雲娘是一位集溫柔、睿智、典雅於一身的女性，幾乎滿足了袁香兒對母親的所有幻想。她活得十分自然，對生活中的一切都充滿耐心，無論在什麼時候見到她，她總是帶著溫和的笑容。

正因為有師娘在身邊，袁香兒總覺得自己還能像個孩子一樣，有可以撒嬌的地方，也有能懶散隨意的家。

但當她看見雲娘哭泣的時候，幾乎在一瞬間恢復了成年人的持重沉穩。

「師娘，別擔心，還有我呢，我一定會把師傅找回來。」她扶著雲娘的手說。

雲娘很快收斂情緒，用帕子按了按眼角，「抱歉香兒，讓妳擔心了。」

那青色的絹帕一角，精心繡著一條悠然自得的小魚。

師娘的每一條手絹，每一件衣物上，都繡著同一條魚。

袁香兒蹲在她身邊，將自己所知的情況一五一十地告訴雲娘，「師娘，您看啊，雖說南溟那個地方是遠了一點，但也不是沒有人去過。我這次準備去昆侖找一找前往南溟的方法，打算明日就啟程。」

雲娘感到不放心：「南溟是什麼地方？聽都不曾聽過，那地方必定危險重重，香兒妳……」

「當年師傅不說，大概是因為我還小，如今我長大了，有能力去找它。」袁香兒用力握著雲娘的手，給予她安心的力量，「這是我一直想要做，也必定能做得到的事，還請師娘支持我。」

那天晚上，雲娘破例喝了很多酒，喝醉的她拉著袁香兒不放，「香兒，這個世界上如何能有長生不死之人？這根本是辦不到的事，對不對？但阿瑤偏偏做到了。」

「我在每個地方最多只住二十年，就不得不搬走。只是這一次，我真的不想搬，我想在這裡等它，怕它回來後找不著我們。」

「阿瑤它在臨走之前什麼都不肯說。我知道它必定是付出了某種我不能接受的代價，所以才沒辦法告訴我。」

「我不能讓妳去，阿瑤唯一交代我的事，就是要我好好照顧妳。我怎麼這麼糊塗，我不該同意的，我真的不該同意的。」

袁香兒將她扶回臥房，「不用擔心，師娘，交給我吧。」

安頓好醉醺醺的師娘後，袁香兒回到院子中。

許多夥伴都在昏黃的篝火中飲醉。飑鱶現出了原型，大半條尾巴纏在屋簷上，韓佑之正墊著腳尖，端著醒酒湯哄它喝。

胡青面帶酒意，媚眼如絲，調素弦唱情歌。

年紀小小的厭女面不改色地端著酒盞，而它身邊的清源卻已經喝醉了，正對著一隻烤好的乳豬說胡話，「阿黃，你看看人家的使徒都是怎麼做的，只有你每天對我那麼凶。如果你不咬我，我也可以考慮解開你的枷……枷鎖。」

這句話只換來一聲不耐煩的獅吼。

袁香兒端了一大盤烤肉擺在那位使徒的面前，替它解開嘴上的枷鎖。她已經做好隨時啟動雙魚陣的準備，但那位看起來十分暴躁的妖魔卻沒有咬她。

「要酒嗎？」袁香兒問。

「來一點。」魔物回答。

袁香兒開了一壇酒擺在它面前。

「你是怎麼成為他的使徒的？」袁香兒看著大口吃肉的使徒。

「打不過。」埋頭吃東西的妖魔悶聲悶氣地回答。

南河在院子裡等袁香兒，它化為本體，那身漸變的毛髮在月色下熠熠生輝。

「要不要上來？我帶妳去兜一圈。」南河說。

「當然！」袁香兒站起身擦了擦手，一下撲進那團毛茸茸中。

銀色的天狼飛馳在夜色中，袁香兒趴在它的背上，伸手摟著它的脖頸，將自己的整張臉埋進柔軟的毛髮中。她閉上雙眼，感受風馳電掣的飛行。夜風刮過，冰冰涼涼的銀色毛髮拂過她的面龐。

南河飛得很高，夜晚的大地看起來廣袤又深沉，河流像是銀色的緞帶蜿蜒鋪就，偶爾有零星燈火，那是人類群居的城鎮。天空的星星離得很近，絢爛璀璨的天河懸停在頭頂的蒼穹之上，彷彿像這樣飛奔著，就能一直飛到星空中去。

「阿香。」南河的聲音響起。

「嗯？」

「不用擔心，阿香，還有我在。」

「好，不擔心，我有南河呢。」

疲憊了許久的袁香兒，在微微搖晃的脊背上陷入沉睡。

南河時常說，自己唯有在她身邊才覺得舒適安心。對她來說，又何嘗不是這樣呢？

袁香兒聽著那熟悉的心跳聲，被柔軟的毛髮包圍著，逐漸陷入了夢鄉。

在夢裡，有一個陽光璀璨的院子，師傅站在梧桐樹下，背著手，笑盈盈地看著她，師娘則在一旁晾曬洗好的衣物。而她懷裡有著一隻漂亮的天狼。

第二日啟程的時候，雲娘把他們送到橋頭，分別時，她遞給袁香兒一柄黑色的小劍。

「此劍名為雲遊，是阿瑤臨走時留給我的，這些年我一直隨身帶著。」

那劍鞘烏黑無光，並不起眼。但短刃出鞘之時，骨白色的利刃驟然帶出冰冷的劍氣，在空中冷凝出一道水痕。那瞬間似乎連時間都為之一滯，在場的所有人都因那凜然的殺氣心中一緊。

袁香兒推辭：「師娘，既然這是師傅留給您護身的東西，您就好好收著吧。我有雙魚陣就夠了。」

雲娘彎下腰，將那柄短劍仔細繫在袁香兒的腰上，「既然妳師傅給了我，那就是我的東西。如今，這是我給妳防身用的，妳好好收著便是。」

「早點回來，阿香。」雲娘直起身，摸了摸袁香兒的頭，「便是找不到師傅……也不打緊。還有師娘在家等著妳呢。」

辭別了雲娘和大家後，一行人便向著昆侖山的方向前進。

「清源道長，你就這樣和我們走了？不用和你的徒弟們交代一聲嗎？」袁香兒問。

「沒事，其實他們比我能幹多了，自己會回去的。我這個師傅也只是在修為上比他們高那麼一點，其他的不過掛名罷了。」清源悠然自得地騎著獅子，對自己的徒弟十分放心。卻不知這一刻，他的徒弟們在應酬完地方官員與救治災民後，還站在兩河鎮的渡口苦苦等待。

「師兄，師尊還沒回來，繼續等下去也不是辦法，要不還是去找一找？」

「再……等一等吧，師尊應該不會把我們忘了。」虛極看著滾滾流動的江水，滿面的淒風苦雨。

出了闕丘鎮後，沿途的情形陡然變得不一樣。因為發了水患，河道附近的城鎮鄉里幾乎都遭殃了。

頹垣處處，餓殍遍野，再也尋覓不得安逸繁華的世外桃源。泥濘冰冷的道路和瘦骨嶙峋的災民，將人間的真實與殘酷呈現在眼前。

失去家園的老弱幼童沿途乞討，商鋪大多關著門扇，米鋪和油鹽鋪子前排起了長長的隊伍，稻米之類的食物價格飆漲。

袁香兒等人雖然穿著便於行動的簡樸衣物，但俐落乾淨，個個氣質不凡。相比起街道上衣衫襤褸的難民，這一隊人就顯得有些鶴立雞群，時時引來路人的側目。

「香兒？妳……是不是香兒？」一個驚疑的聲音從身後響起。

袁香兒轉過身，看見一位面有風霜的婦人，那婦人背著一個男孩，手上牽著兩個女孩，又驚又喜地拉住袁香兒的手臂，「香兒，妳是香兒？我是大姐啊。」

袁香兒離家的時候，大姐袁春花不過才十二歲。

一晃十餘年過去了，二十出頭的大姐本應是風華正茂的年紀。如今卻領著三個孩子，早早被生活壓彎了脊背。她像是一朵還來不及盛開的花，不曾開放就已然枯萎。以致於猛然間，袁香兒根本沒有將這一臉憔悴的女人，同她的大姐聯想到一起。

透過那依稀有些熟悉的五官，袁香兒回想起在這個世界的童年時光，這才發覺那七年的歲月，朦朧得像是一場遙遠的夢，已經在她的記憶中變得模糊不清。

大姐把袁香兒帶回自己的家。

夯土砌成的院牆，茅草堆築的屋頂，內有小小的兩間茅屋，院子裡養著兩隻瘦弱伶仃的母雞，除此之外，這個家幾乎可以用家徒四壁來形容。以致於南河等人甚至沒有進屋入座的空間，只能在院子中駐立等待。

袁春花偶遇多年不見的小妹，心情激動，顧不得別的，直接領著袁香兒進屋，拉著她的手上下打量，眼眶早就紅了，「長了這樣多，胖了也白了，還變漂亮了。阿姐剛剛在後頭看了妳許久，都不敢上前相認。」

她扯動嘴角，想給久別重逢的小妹一個微笑，眼淚卻忍不住劈里啪啦地往下掉，只得用袖子捂住臉。

「香兒妳不知道，當年妳被領走後，我和招弟抱著連哭了好幾天，那段日子夜夜睡不好，總夢見妳被人欺負，沒有飯吃，餓著肚子喊姐姐。」她越發哽咽了起來。

她六七歲的大女兒領著妹妹，懂事地端著茶水進屋，慌忙安慰母親，「娘親莫哭，娘親怎麼哭了？」

袁春花匆忙抹了一把眼淚，「沒有，不曾哭，娘親是高興的。大妞二妞，這是妳小姨，快叫人。」

兩個小姑娘奶聲奶氣地喊了人，把手中那一碗新泡的粗茶擺在桌面上。

「別只端這個，去，去煮幾個荷包蛋，放點糖，給院子裡的那些客人一人端兩個。」袁春花對她的大女兒說。

年幼的小姑娘明顯躊躇了一下，雞蛋和糖對她們家來說可是矜貴之物，今日來的客人又這樣多。

「快去啊，愣著幹什麼，娘親十多年沒見到妳小姨了。」袁春花推了她一下。

不多時，白白胖胖的荷包蛋泡在糖水中，被端到了桌上。

「快吃吧，妳小時候最愛吃這個。」

袁香兒喝了一口，白水煮的湯裡帶著一絲蛋香和甘甜。在她的記憶中，似乎只有在弟弟出生時吃過一次。那時候大概也沒有喜歡這種食物，而是因為沒得吃，整日餓得慌，難得見著點葷腥，差點沒把舌頭吞了下去。

兩個小姑娘怯怯地看著她，忍不住咽了咽口水。

七歲和四歲，髒兮兮的臉蛋，枯黃的頭髮，柴火一樣細瘦的四肢，年幼的拉著姐姐的衣襟，像極了袁香兒和袁春花小的時候。

袁香兒把碗裡的荷包蛋餵給她們吃，兩個小姑娘便用亮晶晶的雙眼看著她。

「我八年前嫁到這個村子，離咱們娘家也不遠，偶爾還能回家看看爹娘。家裡如今蓋了兩間新屋子，去年給大郎取了媳婦，弟妹現已有了身孕。奶奶還在，只是下不了床，也不太認得人了，日日都喝著藥。」大姐絮絮叨叨地說起娘家的情形，卻唯獨沒有提到家裡的另一位女孩。

「我二姐呢？」

「招弟她……」袁春花遲疑了一下，「爹娘把她嫁給鎮上的一位員外做了小妾。」

袁香兒的動作停滯了片刻，接著餵完整碗糖水，拿帕子給兩個小姑娘擦嘴。

「把我賣了還不夠嗎？」她收回碗，說得很平靜。

「招弟自己也願意，她說她不想嫁到窮人家過苦日子。」袁春花嘆息一聲，「能有什麼辦法呢，只恨我沒什麼用，幫不上娘家。」

她握住了袁香兒的手，「阿香，妳得了空，也該回去看看。」

袁香兒看著大姐的手，那手指粗大，布滿裂紋和老繭，到底是歷經多少辛勞，才能將女性柔軟的手變成這副模樣？

大姐無疑是一位既勤勞又溫柔的女子，背著弟弟走在山路上，還不忘從年幼的袁香兒手中，分走一份豬草的重量。

她會一邊墊著腳站在椅子上做飯，一邊從鍋裡撈出一些好吃的，偷偷塞進弟弟妹妹的嘴中。

永遠忙忙碌碌的長姐，就像不曾有過童年的人，天生就成熟懂事、任勞任怨。

袁香兒很喜歡這位一起生活了七年的姐姐，卻還是無法認同她這種被時代固化的觀念。

院門外傳來一點響動，一位獵戶打扮的男子推開院門進來。

袁春花拉著袁香兒出來介紹，「香兒，這位是妳姐夫。郎君，這是我娘家最小的妹妹，從前和你說過的那位。」

那男子身材魁梧，肌膚黝黑，挑著一擔子的柴。他進到院子裡，看見每個人手中都端著盛放雞蛋的碗，臉色瞬間變得難看。他黑著臉，也不打招呼，悶不吭聲地走進屋內了。

袁春花十分窘迫，安撫了一下袁香兒，便匆匆跟進屋子裡去了。

屋內很快傳來夫妻倆爭執的聲音。

「小寶他娘，妳娘家人未免也來得太頻繁了？去年小舅子成親，妳把家裡那點積蓄全拿走了。前些日子岳母才來，妳又把我留給妳燉湯的山雞塞給她。要知道，妳這還餵著小寶呢。」

女子細碎又委屈的解釋聲隱隱傳來。

袁香兒取了兩個荷包，把它們放進兩位侄女的懷中後，進屋去和大姐袁春花告辭。

袁春花既狼狽又不捨，見著袁香兒態度堅決，只得含淚將他們送到門外。她依依不捨地拉著袁香兒的手，囑咐道：「阿香，妳若是得空，常回去看看爹娘。」

袁香兒開口，「既然爹娘當初把我賣了，三十兩銀子，生恩就算了結，我是不會再回去的。」

袁春花大吃一驚：「我們生為子女，如何能這樣說話？爹娘畢竟是爹娘，斷沒有不認的道理，何況當初也是不得已而為之。」

「為什麼不能這麼說？我還記得當年那份賣身契上清楚寫著，生死病亡，各由天命，四方生理，任憑師傅代行，絕無糾纏，永不相認。既然爹娘把我當成貨物賣了，自然就不再有我這個女兒。」

「那……那只是按著慣例抄的賣身契啊。」大姐吶吶道，她實在想不透，當年溫柔懂事的小妹，怎麼會說出這樣悖逆人倫，不認父母的話。

袁香兒慢慢把手從她的手中抽出，告辭離開。

「大姐，多多保重。香兒若是有空，再來看妳。」

袁香兒沉默地走在路上。

清源看完這齣戲後，感到十分意外，「妳這個女娃娃的性格倒是十分矛盾，明明平常看起來那麼心軟，卻對自己的血脈雙親這般無情。小香兒，別鬧彆扭，妳爹娘畢竟生妳養妳，既然離得這樣近，幾步路的事而已，還是拐過去看看吧？」

在這個子不言父過的時代，即便是像清源這樣的修行之人，也不能理解袁香兒的心態。

烏圓不高興了：「憑什麼要阿香去認回他們？既然他們當初不要阿香了，阿香自然也可以不要他們。是誰生的不重要，費心將自己養大的人，才是最應該孝順的。像我的父親就不是我親爹，我一樣很愛它，只聽它的話。」

胡青：「就是。阿香，別聽臭道士的。等等，烏圓，你爹不是你親爹嗎？」

烏圓不小心說溜了嘴，頓感懊惱：「不是親爹又如何？我爹比親爹好多了。」

渡朔：「我們不管誰是生父生母，只要從蛋裡出來，第一眼看到、帶著自己長大的就是父母。」

這裡正說著話，身後卻傳來呼喚聲。

袁春花的丈夫氣喘吁吁地一路追上來。

「小姨子。」他彎著腰喘了幾口氣，黝黑的臉上泛起一層不好意思的緋紅，「我是個粗人，不太曉得禮數，剛才是我失禮了。」

他把拿在手上的荷包遞給袁香兒：「這太貴重了，我們不能拿。」

荷包裡裝了一點碎銀子和兩塊金錠。這些東西對袁香兒來說不算什麼，但眼前的男人卻跑得滿頭是汗，堅決地推拒，儘管這些錢財能對他們起到很大的幫助。

這讓心裡梗了半天的袁香兒稍微好過了一些。

「姐夫，好好待我姐姐。錢你收著，是我給侄兒侄女們的，別讓姐姐都拿回娘家去。」

「姐夫第一次見妳，沒給妳東西，反倒拿妳東西，這怎麼也說不過去。」

男人還要推辭，但袁香兒已經告辭離開。

明明是一位嬌小秀氣的女郎，和幾位斯文俊美的郎君，直到他們真正走起路來，袁春花的夫君卻發現，這次無論如何都追不上了。

那一行人的身影，看著也不見什麼動作，卻異常迅速地消失在他的視線中。

到了這一刻，袁春花的丈夫才明白，今日這位突然出現在家裡的妻妹，或許並非尋常之人。

因為在這裡耽擱了不少時間，天色已經暗了。由於隊伍中大部分都是不愛拘束的妖魔，袁香兒一行就避開了客棧，在郊外選了一個僻靜之處安頓過夜。

夜幕低垂，狐火蟲鳴，大部分的同伴都已經陷入了夢鄉。

袁香兒靠在南河毛茸茸的巨大身軀上，看著夜空中的星星。

『小南，你會想念自己的父母嗎？』袁香兒勾動契約，在它的腦海中說話。

『嗯，時時想念。』

『它們當初離開天狼山，沒有等你，你還在生它們的氣嗎？』

『嗯，儘管知道它們不得不離開，我依舊傷心難過，氣了很久，但我還是很想念它們。』

袁香兒和它一起看著低垂在天際的天狼星，那顆星星在夜幕中分外耀眼醒目，彷彿也正從夜空中看著大地上的他們一般。

『小的時候求而不得，所以鬱結於心。如今我早從師傅和師娘那裡，得到了我最想要的東西。所以，不再有遺憾了。』

『阿香，妳若是想回去看看，我陪妳去。』

儘管袁香兒什麼都沒有說，南河還是猜到了她的心思。

袁香兒騎在天狼的背上，乘著夜色悄悄回到了自己出身的袁家村。

初夏的夜晚，村頭溪水潺潺流動，林間草地，樹影婆娑，偶爾有人類納涼說話的聲音從院落中傳出。

一切都過於寂靜安寧。

這不是袁香兒記憶中的家鄉。

在袁香兒的記憶中，這種季節是小妖精們最活躍的日子，充足的雨水，滋潤的天氣，不僅會有發光的小妖精在樹林中歡快飛舞，還會有赤著腳的小妖精們，在草叢間盡情穿梭奔跑。

袁香兒順著熟悉的土路慢慢走。

如螢火蟲一般的草木精靈，嘰嘰喳喳的小黃鼠狼，動不動就紅了眼眶的小兔子全都不見了。

那些大大小小的妖魔，都已經被人類澈底消滅驅逐。

一棟院子裡傳出小童嬉鬧的聲音。

「天黑了，別瞎跑，仔細被妖精抓去。」家裡的長輩這樣嚇唬他。

「嘻嘻，奶奶妳胡說，這個世界上根本沒有妖精。」小孩並不害怕。

在袁香兒還小的時候，雖然大部分的孩子都看不見混跡在人間的妖魔，但他們的心底依舊對這樣的存在感到畏懼。畢竟那些古怪的、和人類不同的生靈，真實地生活在他們身邊。

不過經過十餘年的時間，從未見過妖精的孩子們，已經逐漸淡忘那些生靈，只把它們當作長輩口中的傳說來聽。

袁香兒開啟遮天環隱祕身形，來到了小時候生活過的家。

院子擴大了，還新添了兩棟磚瓦房，青磚白牆，灰黑的瓦片，門框上喜慶的對聯也不曾揭掉。

父母和奶奶依舊住在破舊的夯土茅屋，這棟賣了幾個女兒才蓋出的屋子裡，住著負責幫袁家傳宗接待的兒子。

隱蔽身形的袁香兒進入一間昏暗的臥房內，那間屋子的床榻上躺著臥病家中多年的祖母。

老人年輕的時候，還有力氣叉著腰、站在大門外破口大罵上數個時辰，從村頭到村尾都聽得見。如今行將就木，只能呆滯地躺在病床上，甚至連家庭成員都不能準確分辨，時常把孫子叫成自己兒子的名字。

袁香兒看著她，這位從小就不喜歡女孩的奶奶，卻在她離家的那一天，翻出一包藏了許久的飴糖遞給她。

「奶奶，我來看妳了。」袁香兒輕輕說道。

老人睜開混濁的眼睛，瞇著眼看了半天，「阿香啊，是阿香回來了。」老人張開沒牙的嘴，顫顫巍巍地說道。

袁父端著湯藥進屋的時候，年邁的老母親一把拉住他的胳膊，「兒啊，阿香回來了。」

「娘，您又糊塗了，香兒早就不在咱們家了。」

「她回來了，她剛剛還站在這裡呢。」

袁父不以為意，母親神志不清已經不是一兩日的事了，時常認錯人，記錯事，胡亂說話。

他把滾燙的藥碗放在桌上時，突然愣住了。桌面上放了一包整整齊齊的飴糖，和三塊十兩的銀錠子。

袁父立刻丟下藥碗往門外追去，院子外是寂靜的黑夜，昏暗的土路上，一位少女靜靜地站在那裡，俊秀的眉目既令他覺得有些熟悉，又感到十分陌生。

「阿香，妳是香兒嗎？」袁父遲疑地問。

一陣晚風拂過，捲起細膩塵沙，袁父揉了揉眼睛再看，女兒的身影彷彿幻境一般消失無蹤，再無尋覓之處。

他的心中是否有愧無人能知，也無需知曉。
天光大亮後，眾人向著昆侖山的方向出發。

第五章　復仇

袁香兒趴在化為狼形的南河背上，一路睡得香甜。

「阿香怎麼還在睡？是昨晚沒睡好嗎？」烏圓不解地問道。

南河：「小聲點，她昨晚沒怎麼休息。」

清源笑盈盈地說：「她昨夜和你一起去見她父母了吧？我就知道這個孩子的心還是軟的。已經和父母和解了吧？」

「香兒不用和任何人和解，她不過是想和自己和解而已。」南河說道。

一路向昆侖前行，雖然洪峰退去，但天空彷彿漏了一個口子似的，淅瀝瀝的雨一直下個不停。被洪水肆虐過的人間滿目瘡痍，災民遍野。沿途哀嚎行乞者、賣兒賣女者屢見不鮮。

往日繁華熱鬧的人間彷彿只是一個脆弱的泡沫幻影，輕易就被一場洪水沖得七零八落，再也尋覓不到蹤跡。

「只不過下了幾天的大雨，人間界怎麼就變成這樣了呢？」烏圓走在路上，踩了一腳淤泥，看著那些瘦骨嶙峋、沿途乞討的人類兒童，十分地不習慣。

一個小乞丐拉住了它的衣袖，咬著手指頭，可憐兮兮地看著它，祈求一點食物。

烏圓想了想，把裝小魚乾的袋子掏出來，那是出門前雲娘特意給它做的，「好可憐，我分你一些吧。」

這裡才剛打開袋子，周圍的孩子突然一擁而上，大大小小什麼年紀都有，一個比一個衣衫襤褸，無數雙黑漆漆的手急切地伸到烏圓的面前爭搶。

哭泣聲，哀求聲，叫罵聲，不絕於耳。

烏圓在一片混亂中被擠回原型，氣得喵喵亂叫。幸虧袁香兒及時提起它的後脖頸，把它帶到高處的屋脊之上。

雲娘特意縫的袋子破了一個大洞，裡面的小魚乾都沒了。烏圓委屈地叼著那個袋子，蹲在屋頂上來回掃動尾巴。

袁香兒把它撈到手上安撫，抬頭詢問清源，「我們還有什麼能做的事嗎？」

她在人間行走的時間和經驗遠不如清源，二十年不到的人生，也不曾遇過這樣的大災大難，因而詢問這位活了一百五十個年頭的長者。

「其實我們能做的事十分有限。」清源坐在程黃的背上，看著底下擁擠的人群，「在洪水來臨的時候，修士的力量或許能夠發揮一點作用。但洪水退卻後才是最麻煩的時期，那些災後重建、安置災民的工作，大部分也只能依靠朝廷和地方官員，畢竟人數實在太多了。」

他們站的位置很高，俯瞰全鎮，可以看見河堤附近已經有無數的工人，在泥濘中扛著沙袋和木材，忙著加固被洪水浸泡多時的堤壩。

城郭的另一側，碧瓦紅牆的三君神廟香火鼎盛，無數信徒進進出出，祈求風調雨順，平安渡過災年。

「我曾經也覺得，能憑藉一己之力拯救天下萬民。」清源摸了摸下巴，「後來才發覺個人的力量是很有限的。妳看到在路邊乞討的人，可以給他們一點錢財；看見患了疾病的百姓，可以贈與他們符籙；遇見枉死的冤魂，能為祂們念誦往生咒。但我能做的也只有這些。大災大難面前，此行微不足道，只求無愧而已。」

站在一旁的渡朔開口說話：「阿香不必過於擔心，雖然人類有些脆弱，卻是一個十分強韌的種族。我活了上千年，見過無數次嚴峻的天災，許多強大的種族都從這個世間滅亡了，反而只有人類以難以想像的凝聚力和韌性，堅強地存活下來，最終成為這個世界的主宰。」

雨水如織，卻不曾淋溼它的長髮和衣袍，還可以看見它腳下隱隱有靈力的波動，一圈圈地氤氳開來。

遠處的河堤之上，挑著沙袋的老河工突然停下腳步，對他身後一道抬著物料的搭檔說道，「磊子，是不是有些不對勁啊。」

「啥？」

「這坡腳好像不太一樣，像是被壓實了一遍，厚度也比早上還要厚。」

「哈哈，我看你是眼花了，這河堤被大雨沖刷了這些時日，不垮就不錯了，哪有變厚的道理？趕緊把窟窿堵了，下壩去休息是正理。」

渡朔的天賦能力是空間之力，這一路上但凡停下歇腳，它便會默默運用靈力，加固沿岸那些被雨水沖刷得岌岌可危的河堤。此刻亦是如此。

鶴族一向被修真門派視為吉祥之物。這樣一位修煉千年，矜貴高雅，還願意主動幫助人類的神鶴，讓清源看了心生豔羨。他小心翼翼地靠近渡朔：「謝謝你的幫忙，你好像……挺了解人類的？你應該是不討厭人類的吧？」

作為袁香兒的使徒，它不需要戴著枷鎖，也不需要她下達命令，卻不會攻擊人類，甚至還願意主動幫助人類。

清源想不明白，只能全力揣摩袁香兒和使徒的相處之道。

渡朔看了他一眼，足下發力，飛身站上另一處屋脊，遠遠地避開了。畢竟它對任何門派修士都沒什麼好感。

為什麼對我這麼冷漠？清源使勁摸了摸自己的臉。

難道真的是因為我太老了嗎？

南河從遠處回來，落到袁香兒的身邊，它剛去鎮上採購了一些食物。

「買到乾糧了嗎？」袁香兒問。

南河點點頭，把一袋子的乾糧拿給袁香兒看，「有人故意囤積糧食，比平時貴了二十倍。」

在人間住了一年多的南河，比袁香兒更了解市場的物價。

「怎麼買個東西還弄得全身都是灰？和別人打架了？」袁香兒不解地拍了拍它的衣物。

腳下的大街上傳來一陣喧鬧之聲，人群匆匆忙忙地向著同一個方向跑去。

「李富貴家的糧倉被天降的隕鐵砸塌了，滿滿的稻米全被大雨沖得到處都是呢。」

「那個挨千刀的，趁著水禍囤積居奇，把米價抬高了那麼多，唉，天要罰他！」

「快去，快去！能搶到一點是一點，晚餐有著落了！」

袁香兒驚訝地看著南河：「你幹的？」

南河咳了一聲，迴避她的眼神，把手裡的一袋碳烤蝦乾遞給烏圓，「給你，只找到這個。」

「啊，這麼大的蝦乾，鮮甜，有嚼勁，好吃。」烏圓重新得到零食，終於高興了，「謝謝南哥！我南哥最棒，南哥幹啥都是對的，就該砸了那些沒良心的奸商，給我……不，給那些窮苦百姓謀福利！」

烏圓把新得的小零食分享給每個人，連程黃都有，唯獨漏掉了清源。

就連自己的使徒都能吃到烘乾的大蝦。清源酸澀得幾乎起了執念。

他真不知道自己差在什麼地方，為什麼就不能討得這些妖魔的親近？他自認容貌俊美，法力高強，甚至為了保持年輕容貌，耗費重資煉製了駐顏丹，一路上也極盡溫和地對待袁香兒的使徒們，卻沒有一隻妖魔願意和自己親近。

眾人離開這個臨時歇腳之處繼續前行。沿途中，但有休息停留之時，大家都會盡力對當地災民匡助一二。南河的星辰之力，渡朔的空間之力，袁香兒的各種祛病符咒，都不曾吝嗇過。

越是大災之年，人類對神靈的敬畏之心更盛，一路所見的大小廟宇人煙輻輳，香火不斷。

昆侖山是三君祖師飛升前的修行道場，越靠近昆侖的地界，供奉三君神像的廟宇也越發多了起來。

才剛在這裡瞧見一間神廟，還沒飛行多遠，又見前方有一間三君神廟駐立在湖心島。

在那成片的湖泊之中，飛簷依青嶂，行宮枕碧流，端得是仙宮曼妙，氣派不凡。

「這位神靈到底是做過什麼事，才能讓這麼多人膜拜？」烏圓問道。

「聽說這位祖師在飛升之前遊歷人間，救苦救難。他悲憫人妖混雜，人類磨難疾苦無窮，因而施展大神通，分離浮裡兩界，驅除妖魔。以一己之力為人類創造了一個安逸舒適的世界。」胡青在人間生活的時間很長，對市井傳說十分了解，頭頭是道地解釋給烏圓聽。

「啊，原來兩界就是被這位神仙分開的嗎？」連袁香兒都愣住了。

「只是傳說罷了，事實上兩界是如何分開的，至今無人知曉。只是這位神君留在人間的神蹟特別多，傳說中他有大智慧，無所不能，所以大家都推斷是他所為。只不過這麼多年過去，人間的妖魔大量減少，如今的百姓已經忘了和妖魔共存的世界，祭拜三君神廟多半是祈求富貴平安，求子求姻緣罷了。」

一行人說著話，在一農舍前停下腳步，想要借個火打尖。

敲了半天門，一位農婦出來應門。她的衣裙整齊乾淨，只是雙目浮腫，頭髮散亂，顯然是才剛痛哭過一場。

聽見眾人說的話，倒也沒有拒絕，點了點頭，將院落一處的廚房指他們看，隨他們使用，自己卻捂著臉回屋去了。

「你們一路各種施法賑災，真是辛苦了。全都別動手，坐著歇息，我來準備午食，咱們熱熱地吃一頓再繼續走。」胡青圍上圍裙，捲起袖子，把想要幫忙的渡朔和南河按回去，接著提起烏圓的脖子將它趕到一邊，不讓它搗亂。

袁香兒笑嘻嘻地挽住它的手臂，「那就辛苦姐姐啦，走了這麼久的路，風吹雨淋的，就想吃點熱乎乎的疙瘩湯，要是再烤一點脆餅就更好啦。」

胡青捏了一下她的鼻子，「行啦，知道了，妳也去休息吧。」

這可是九尾狐啊，如今世上還能見到幾隻？這樣的溫柔體貼，懂音律，擅琵琶，廚藝還如此的好。

清源悄悄看了自己雄赳赳的使徒一眼，如果自己也像袁香兒這樣挽著它的胳膊，是不是就能改善彼此的關係？

這裡才剛吃上熱騰騰的疙瘩湯，另一邊的屋內卻突然傳來女子淒切的哭泣聲。

「因為忌妒我們有好吃的疙瘩湯，就哭成這樣嗎？」烏圓護住了自己的碗，「我這次是不會分的。」

那哭聲淒切哀絕，令人聞之不忍。

袁香兒等人走出廚房查看，卻發現茅舍之內，這戶農家的女兒懸了麻繩在房梁之上，自絕不成，被父兄救下，如今正伏在母親的懷中放聲痛哭。

農舍的主人姓余，年逾四十，一臉無奈地給袁香兒等人作揖，「家裡出了點事，讓客人看了笑話。」

經過袁香兒的詢問，余父告知，他們家所在的余家村和周邊幾個村落，都是屬於湖心那座三君廟的土地。

據說廟內的道長無妄真人是一位得道高人，享朝廷俸祿，得官家賜予的土地，已經在此地清修了上百個年頭，威望甚重。

他時而露面，展現一些呼風喚雨的伎倆，周邊百姓對其畏懼折服，言聽計從，但有所言，莫敢違背。

余老農唉聲嘆氣：「此次水患，真人說乃是我等鄉民觸犯了水神，引來神靈震怒。是以每村必須獻出一位少女酬神，方可解此次危禍。我們村偏偏抽中了我家女兒珍珠。如今其他村子的姑娘都已經被送過去，只有我家百般不捨，拖延了一時半日，村裡不斷來人勒令，必須在今夜將人送去，小女一時想不開，方才出此下策。」

那娘子抬起臉來，面色瑩潤，頗有幾分動人之態。雖是農家的姑娘，卻顯然備受父母的疼愛。

那位小娘子呼天搶地，「若只是酬神便罷了，投湖一死而已，左右清清白白地去了。偏偏還說要……要去陰身，還要先將人送入廟內三日，這讓人如何忍得？」

所謂「去陰身」，指得是女子身軀陰氣過重，怕衝撞神靈，要先送入廟中幾日，由男性法師去陰身。

這裡打得是什麼樣的齷蹉主意，明眼人無不知曉。但數千村民卻因為事情沒落到自家頭上，全都選擇了沉默。更有人逼著被選中的人家，快快將女兒獻祭之人。

「不能將妹妹送去，與其讓妹妹受這樣的恥辱，不如和那些人拚了！」年輕氣盛的兄長緊握拳頭，目眥盡裂，「我們連夜就逃，能走便走，走不了就拚了！」

女孩哭得上氣不接下氣，「怎能連累父母和哥哥，左右是我一條命，讓我痛痛快快地走了便是。這輩子能得父母和兄長的疼愛，也不枉來人世一趟了。」

清源看她哭得這般慘烈，便是活了一百五十年的修養也繃不住了，罵了一句粗話，「哪來的敗類，仗著些許修為如此為非作歹！爾等不必哭泣，待道爺去會會他。」

袁香兒攔住他，「人類的修士能修行這麼長一段時間，修為都不會太低。貿然打鬥起來，一個不慎便會白白連累廟裡那些姑娘的性命。」袁香兒說，「我有個主意，讓我假扮成珍珠姑娘，過去探探情形，把她們帶出來，你們再暗地跟著摸過去。」

「不行！」

「不妥。」

「不可以。」

「阿香，那可是老色鬼的巢穴！」

「沒事的，我有雙魚陣護身啊，比你們安全一些。」袁香兒覺得可行。

南河攥住她的手臂，「我去吧，我化為女子的模樣替她去便是。」

袁香兒本來不同意，聽到後半句話後愣了愣，轉了轉眼睛，逐漸露出猥瑣的笑容。

胡三郎在家的時候就很喜歡變男變女，袁香兒看了覺得十分有趣。

穿女裝的南河究竟是什麼樣子呢？

「那你先變……變一個給我看看。」

袁香兒當然知道南河長得很漂亮，畢竟當初的自己就是被它的美色，呸，可愛的外表吸引。所以南河女裝的模樣必定很漂亮，袁香兒心裡也是有數的。

但當南河化為女子，乘著月色坐在船頭，回眸看過來的時候，袁香兒承認自己在那一瞬間失態了。

在那人低眉淺笑的一刻，不論是平鋪新綠的湖面，還是亂點翠紅的山花，都瞬間失去了應有的顏色。

它皓齒細腰，眉剪春山；它回首剎那，態生兩靨。

它是蘭臺公子，又是解語之花；它如芙蕖清影，又似月桂傳香。

明明只有素衣荊釵，眉眼依舊，不過少了幾分棱角，減了幾兩銳氣，也未曾搔首弄姿、細施朱粉，怎麼就憑空帶出一股雌雄莫辨的妖嬈，一下勾動了袁香兒的心。

袁香兒覺得自己是中了這個男人的毒，它不論是本體還是人形，不論何種年紀還是性別，幾乎都能精準無比地擊中自己的萌點，勾得自己神魂顛倒。

「這樣不行，你別去了，要是哪個老道士摸你一把，我可心疼死了。」袁香兒拉住南河的袖子不肯放手。

就連一直驚懼不安的農家姑娘珍珠，都忍不住走上前來，「姐姐太漂亮了，那三君觀裡的道士老爺，都是一些……下流無恥之徒。要是姐姐被那群人看見的話，也太危險了。」她幾乎忘了南河的性別。

湖邊響起一點水聲，丹邏的上半身露出了水面，「那些人類的術士很狡猾，不論在水底還是水面，都布有厲害的防禦法陣，要想不驚動那些人進入都難。」它把溼漉漉的頭髮抓到腦後，露出額心一抹紅痕，「乾脆別管那些人的死活，讓我發一場大水掀翻廟宇得了。」

丹邏的腿傷剛癒，躲在魚缸裡又委屈，袁香兒本來不讓它跟來。但因為想要去的地方是南溟，它執意化為本體，一路沿著水路跟隨。

南河鬆開袁香兒的手：「沒事，我雖化為女子，實際上還是男人，沒什麼好當心的，你們在湖邊等我信號便是。」

袁香兒百般不放心：「遇到變態的時候，男孩子也一樣危險，要好好保護自己。」

渡朔笑道：「南河，不如你留下，讓我去吧。」

烏圓十分懊惱：「咦，渡朔哥也會變成女生嗎？三郎也會，原來這個有趣的技能只有我不會嗎？」

南河點開竹篙，小舟離岸，載風而去。

袁香兒等人隱蔽在岸邊，只見湖面煙波浩瀚，小舟如葉，慢慢地靠近了湖心的那座小島。

岸邊很快出現了三五位術士，吆喝著停船詢問。

陪南河同舟前去的是珍珠姑娘的父親，余老爹只是一位普通的農夫，雖然因為疼愛女兒而甘願冒險，卻免不了臨場畏縮，磕磕絆絆地報上姓名和村鎮。

領頭之人看見南河的模樣，眼睛一亮，毫不掩飾地舔了舔嘴唇，根本沒留意余老爹破綻百出的說詞。

他不耐煩地揮手打發他離開，「算你識相，再不送來，神靈降罪，可不是你們家吃得消的。將女郎留下便是，走走走。」

余老爹唯唯諾諾，不放心地回頭看了南河數次，最終咬牙離開。

南河等人若是失敗，他們家也逃不出這個地界，只是為了從小如珠寶一般養大的寶貝閨女，最終這個平凡的父親還是決定放手一搏。

南河被帶往寺廟內的一間偏殿，負責押送之人毫不避忌地用充滿慾望的目光，上下打量這位殊豔尤態的農家女子，沿途甚至還有人直接吹起了口哨。

「哪個村子的，居然藏著這樣的美人？」

「嘿嘿，那腰不錯，可以細品。」

「師兄，我們真的都有份嗎？這樣漂亮的小娘子。」

「放心吧，等明日師尊享用完之後，便會賜給我們。反正最後都要沉江，可以隨便取樂。」

他們毫不避忌地當著南河的面說這些話，甚至還用赤裸裸的目光從上到下打量著南河，等待如此柔軟的小娘子在一群男人的羞辱中，露出驚恐羞憤的神色。

南河在人間也生活了一年多的時間，但直到這一刻，化為女性模樣的它才有了切身體會。體會到當男性對一位女子露出如此猥瑣變態的目光，說出這樣下流無恥的言語，是一件多麼令人噁心的事。

南河起了一身的雞皮疙瘩，它全力克制著，才沒讓自己在半途就化為狼形，一口咬斷那些猥瑣男人的脖頸。

一群人當中，僅有一位年輕的術士略顯愧疚之色，悄悄提出疑慮，「師兄，我們是修士，這樣對待這些小娘子是不是有點過分？」

眾人哄笑起來，「師弟莫非還是個雛兒？明日的盛宴你大可不來，在門外為師兄們站崗。到時候這些小娘子沒你的份，可別流口水，假正經。」

那年輕的男子看著南河的細腰長腿，咽了咽口水，把僅有的良心拋到腦後。既然大家都這麼做了，那也算不上什麼錯誤吧？它這樣想著。

「我也就是說說而已，既然師尊和師兄們都覺得無礙，想來也是無妨的。」

南河被推進一間昏暗的屋內，門很快上了鎖，窗戶上還貼了一些小姑娘無力衝破的封禁符咒。

『小南？情況怎麼樣？』袁香兒的聲音很快在腦海中響起。

『已經順利進來了，我戴著遮天環，他們沒有察覺到妖氣，並沒有發現我不是人類。』

南河環顧四周，屋內的角落裡蜷縮著幾位小娘子，全都容貌秀美，體格健康，有些年紀甚至還很小。

她們無不正為自己即將迎來的悲慘命運痛哭流涕。南河的到來對她們來說，不過是多了一位命運悲慘的同伴，沒有人有精力多注意它一眼。

『這裡的術士似乎打算明日才用邪術傷害這些女子，還有時間。等他們都歇下了，我再想辦法帶這些姑娘離開，你們隨時做好準備攻進來。』

『好，你小心一些。』

夜色漸濃，哭了許久的姑娘們昏昏沉沉地陷入沉睡之中。

南河在角落裡打坐，凝神細聽周圍的動靜，寺廟的夜晚十分寂靜，隱隱從空中傳來一種細細的鈴聲，那鈴聲和袁香兒等修士時常搖動的帝鐘完全不同。沒有那樣清悅醒神之聲，反倒低靡環繞，嫵媚撩撥，這樣的靡靡之音聽久了，引得人心思浮動，血脈賁張。

它似乎也在哪裡聽過這樣的聲音。

南河細細思索，在它心底和血脈的最深處，慢慢燃起一股火苗。

它彷彿看見袁香兒的身影出現在自己眼前。

阿香看著自己的時候，總是這樣笑著，目光灼灼，眼裡盛滿了對它的欣賞和熱切。

它一直都知道自己是狼族，狼的天性便是嗜血和殺戮。香兒那樣的目光，每次都能迅速點燃它心中最為原始的火焰。這讓它的唾液在口中分泌，令它的血液在血管中咆哮。

每到這樣的時刻，它都恨不得露出鋒利的牙齒，一口咬住心愛之人雪白的後脖頸，將她死死控制在自己的鑾力之下。

為了不在阿香面前露出粗俗又野蠻的暴行，傷害到最心愛的人，每次和阿香親熱的時候，南河都是克制且隱忍的。

這樣的忍耐總讓它得到一種更為隱祕的快樂。

南河站起身來，它很快察覺到不對勁之處，在這樣的聲音中，它的心臟跳得很快，血脈在賁張，耳朵肯定已經冒出來了，一截尾巴也漸漸從衣裙的下襬露出，牙齒變得鋒利，某種最原始的欲望在身體裡一點點地彙集。

它開始收斂自己的神思，強迫自己冷靜下來，但屋內除了南河還能保持清醒以外，那些沉浸在睡夢中的女郎，都陷入了美妙的夢境。那些殘留著淚痕的臉，一個個都在夢中流露出陶醉欣喜的神色。

從窗外傳來的鈴聲變得越來越大，在它的腦海中響個不停。

南河突然想起自己曾在哪裡聽過這個聲音！

在那個昏暗而屈辱的牢籠內，被折斷了骨骼的它曾經聽過相同的聲響。

「哈哈，天狼族，上古神獸，渾身都是寶啊。」有著山羊鬍鬚的乾瘦術士的聲音，伴隨著某種古怪的鈴聲響起，「皮毛可煉製遮天環，血液可入丹藥，至於骨骼皮肉嘛……」

「媚音鈴，這可真是個好東西，有了它，將來想要什麼樣的女子，都不愁得不到。」

南河一掌撐住了牆壁，雙目死死盯著屋內的窗戶。

透過緊閉的窗子，一道剪影打在窗紗之上。

那人身材乾瘦，一手撚著一撮山羊鬍鬚，一手拿著形態古怪的小小鈴鐺。

南河的面部呈現出半獸化的模樣，它咧著嘴，露出鋒利的牙齒，雙眼幾乎變成了紅色。

是他！

百年前抓了自己，對自己百般折磨的那個人類居然還活著！

我要撕碎他，把他碾成粉末！

它的體內有一種聲音在瘋狂叫囂，幾乎已經要化為巨大的本體破門而出，和那道號為「無妄」的老賊廝殺。

這間小小的屋子內沉睡著數名人類的女性，要是它這樣的大妖和無妄在這裡鬥起法，這些毫無防護的脆弱生命必死無疑。

死幾個人類而已，又能如何？

此刻的它只想見到鮮血。

殺！殺死那個老賊！殺死這些人類，用他們的血覆滅自己的憤怒。

殺戮，本是狼族的生存之道。

它的腦海中晃動著童年的總總畫面，利爪已經隔著門伸向那道身影，卻終究懸停在空中。

鼓噪人心的鈴聲還在耳邊響著。

南河喘著氣，看著屋內沉睡中的女郎們。那一張張面孔都那般年輕，和阿香年紀相近。

她們也會和阿香一樣，對著某個人笑語盈盈，對自己喜歡的人目光灼灼。

煩亂的腦海一閃而過幼年時的回憶，威風凜凜的父親曾站在山頂上對它說：「小南，這世上的每個生命都珍貴無比。我們在殺戮中求生存，奪取了珍貴之物才換來在這世間長存的機會，理應心懷感恩。在珍惜自己身軀的同時，也珍惜每一條生命。絕不濫殺、虐待、欺凌弱小，這才是我們天狼族的生存之道。」

雖然那時的南河還小，父親卻早已告訴過它這個道理。

儘管身軀中的怒火不曾熄滅，卻漸漸冷靜下來，那些穢亂媚音也不能再干擾它的心神。

屋外交談的聲音逐漸變得清晰，「這個法器，是為師一百年前取一隻天狼的腿骨煉製而成的。有了它，任何貞潔烈婦都會乖乖就範，你們且先看好如何使用。」

「師尊神威無邊，竟能擁有這般神器。」

「待明日採補了這些鼎爐，師尊必定陽壽綿長，仙福永享。」

「預祝師尊福壽綿長。」

聲音漸漸遠去，南河這才聽見袁香兒焦慮的聲音，『小南，小南！怎麼回事？小南？』

『沒……什麼。』

『剛才從你的腦海中傳來了一陣狂怒，還有明顯的……煩躁和混亂。一定是發生了什麼嚴重的事，對吧？』阿香溫和的聲音緩緩從南河的心口撫過。

『阿香，快進來。帶走這裡的女孩。』

『我要殺一個人。』

掌教無妄此刻志得意滿，自從一百年前無意捕獲那隻珍貴的天狼後，他的運道就變得很好。

他利用從那隻天狼身上取得的材料，煉製了各種法器、丹藥，換取第一筆靈玉。後又多次偶得機緣，一路苦修至今，如今終於要突破，抵達下一個大境界。

無妄看了看自己枯瘦衰老到極致的身軀，自己的壽命已經走到盡頭，這具身軀也支撐不住地開始腐朽。萬幸的是，只要在明日突破境界，自己的壽命將再一次得到延長。

為了慶祝這一天，他甚至提前給自己準備了數名年輕貌美的女子，用作鼎爐幫助自己突破，並在重新得到年輕的身軀後好好享受一番。

一切都那麼順利，無妄心滿意足地在弟子們的吹捧之下踱步離去。

身後傳來轟隆巨響，他轉頭看去。

不遠處那間關押女郎的屋頂被破開，一隻巨大化的天狼衝出屋外，它的後背還載著所有昏迷不醒的女性。

「天狼？這世上居然還有天狼？不……不對，是當年那隻小狼啊，那隻小狼長大了！」無妄初時詫異，隨即露出狂喜的神色，「真是天助我也！它竟然自己送上門來。

快，不惜一切代價也要抓住它！」

他的弟子們卻對他的話毫無反應，呆滯地看著他的身後。

「那……那是什麼！」一個年輕的徒弟指著天空。

無妄擰緊眉頭轉過臉來。

島嶼的邊緣湧起鋪天蓋地的水浪，一隻額頭殷紅的巨大黑魚游動在浪濤中，向著他們的方向俯衝而來。

「水妖？結陣！快速結法陣，擋住洪水！」

無妄活了百來年，經歷過無數場戰役，雖然驚愕，卻很快鎮定下來。

「來不及了。」一個聲音幾乎就在他的耳邊響起。

無妄猛地發現頭頂的屋脊上，不知何時站立了一名男子。

長髮、鶴氅、神色冰冷。

那人白皙的手指向前一指，地面瞬間出現無數大坑，忙著布陣的弟子們東倒西歪地掉進坑洞之中。

一隻人面獅身的魔獸呼嘯著從天而降，四蹄帶著黑煙的殘影劃過，叼起一個正準備反抗的徒弟高高飛上天空。天空中傳來慘烈的呼叫聲，斷了的四肢從天而降，鮮血淋漓地掉落在無妄眼前。

穿著破舊道袍、戴著斗笠的年輕道士坐在妖魔的後背，居高臨下地看著自己。

「原來是清一教的修士。」無妄分辨出了來者的身分。

他垂著一張溝壑叢生的面孔，用渾濁的眼珠盯著眼前的敵人，冷冷開口，「我輩修行之人應以斬妖除魔為己任，並非殘害同道中人。在下和清一教無冤無仇，緣何行此卑劣之事，助妖魔到我道觀肆意屠殺？」

他用枯木一般的手指從衣袖中撚出一柄黑色的小旗，渾濁無度的旗幟迎風一展，帶出一股難聞的腥味。島嶼上的大地開始迸裂，白色的骸骨破土而出，搖搖晃晃地組成了一隻眉心有著契約標記的骷髏使徒。

「我輩中人應以斬妖除魔為己任，這所謂的妖和魔，指得就是你這樣變態的邪魔外道！」女子清冷的聲音響起。

洶湧而來的浪頭上站著一位手持水靈珠的少女，她駢兩指祭出一張金光神咒符。巨大的金甲神靈手持寶鏡，在波濤中升起。摒除世間汙穢的神光透鏡而出，向著白色的骷髏照去。

無數白骨組成的巨大骷髏使徒，在水浪中歪歪斜斜地前進，空氣中瀰漫開一股腐朽難聞的氣味。

越是陰毒的術法，往往具有更強大的威力。

術。

因此才會有那麼些人，為了這種力量放棄生而為人的資格，伸手沾染這些汙穢邪

巨大且腐朽的骷髏在破除邪祟的金闕神鏡的照射下，發出尖銳難聽的叫聲，開始潰散坍塌。但還來不及鬆口氣，它們又如同搭積木一般，以最快的速度重新組裝，成為一個類似蜘蛛和人形混和的噁心魔物。

八條由零碎骨骼拼湊而成的腿，迅速敏捷地在亂石廢水中爬過，向著眾人衝來。

丹邏化為巨大的黑魚懸浮在半空中，它張開嘴，滔滔巨浪從口中湧出，洪峰沒過了異形的骨蜘蛛後沖向島上的房屋，島嶼上的道士們在這突如其來的洪流中慌亂奔逃。

身具術法的還可以施咒抵禦，年輕而毫無根基的，只能在水流中無望地呼喊求救。

但無妄根本不在乎這些徒子徒孫的生死，他手持一面玄黑色的招魂幡，口中念念有詞，白骨蜘蛛再次崩塌，從水浪中浮起一隻由白骨拼成的大魚，那骨魚在水中游動，同丹邏隔空對峙，噴出了烏黑腥臭的滾滾汙水。

丹邏從水中脫身，化為人形懸停於空中，一臉厭惡地看著腳下汙黑渾濁的骯髒水域。

作為一隻生活在水中的生靈，最為難以忍受的就是被汙染過的廢水。

巨大的骨頭魚張著大嘴向前撲來。

在它身下的水面上突然出現一圈紅色的法陣，四方神柱從水中升起，無形的屏障擋住了骷髏魔物的身軀，交織的電網將那骨魚囚禁在內，不得移動半步。

袁香兒駢劍指，口誦法訣，布下四柱天羅陣來限制妖魔的行動。

在紅色的陣圖外再現一圈青色法陣，青龍白虎，朱雀玄武，四方神獸的虛影從法陣邊緣出現。

坐於獅虎之上的清源，祭出一張符籙，施展攻擊力強大的降妖伏魔陣。

袁香兒的四柱天羅陣套著清源的降妖伏魔陣，使得那無數白骨組成的魔物，被四方神獸輪番打散，既無法從法陣中掙脫，也漸漸無力重組，堆砌漂浮在黑色濁水中的白骨，不斷發出刺耳難聽的尖叫。

無妄見情勢不妙，面部肌肉抖動，狠心咬破舌尖，將一口血噴到那面黑色的招魂幡上。

法陣中的那些白色骨頭隨著他的動作，像融化一般冒起了氣泡，一兩個黑色的虛影從氣泡中冒出頭來，那些面孔有人類也有妖魔，無一不面容扭曲，猙獰痛苦。

這些魂魄被人類殘酷地殺死，囚禁在招魂幡之中飽受痛苦，不得解脫，那越積越深的怨恨，使得它們擁有強大的力量，能夠在地獄中反覆被驅使。

猙獰的幽魂四面衝撞，破開以堅固著稱的四柱天羅陣，沖散了四方聖獸的法像。

那一張張面目的雙眼空洞，極力張著大嘴，向四面八方溢出。

雖然沒有聽見它們的任何聲音，但這鋪天蓋地的無聲黑雲，卻透出令人心驚的恐怖。

清源真人往日慵懶散漫的神色不見了，露出一臉難以抑制的憤怒，「這樣多的亡靈……你為了煉製這個魔物，到底殘害了多少生靈？此罪當誅，罪無可赦！」

無妄冷笑一聲：「可笑，由誰來誅？又由誰來赦？天地本不仁，以強者為尊。你們清一教沽名釣譽，手上也未必乾淨。你的年紀只怕和我相近吧，還能保持這般年輕的身軀，難道不是吸了誰的血汗嗎？」

他因咬破舌尖，口齒之間鮮血淋漓，說起話來如同惡鬼一般扭曲恐怖。紅著口齒的惡鬼舞動手中的招魂幡，漫天流竄的魂魄在空中匯聚成滾滾黑雲，向著地面俯衝而來。

袁香兒素手一翻，祭出一枚玲瓏金球，金色的小球在空中滴溜溜轉個不停，發出清脆的聲響。

翻滾在黑雲中的幽魂愣了愣，彷彿清醒了一些，它們被鈴聲吸引，逐漸向著袁香兒手中的金球匯聚。

無妄眼看著自己最為倚仗的魂魄被人奪走，不由恨聲怒罵：「哪來的女子，小小年紀竟敢和我爭奪怨靈，妳哪來這般厲害的冥界法器？」

玲瓏金球是厭女贈與的。它的真身是積怨而生的冥蝶，天賦能力便是控制幽魂，手持此物，即便無妄修為百餘年，袁香兒和他也有一爭之力。

無妄運轉靈力驅動招魂幡，和袁香兒的玲瓏金球對峙，滿臉凶神惡煞地看著和他遙遙相對的少女。這些怨靈是他花費百來年的時間，才辛苦蒐集到的，但這個年紀輕輕的小女孩，不過憑藉著手中的法器，就將那些魂魄一個又一個地奪走。

他心中氣急，卻也只能眼睜睜地看著那些魂魄掙脫招魂幡的束縛，化為一股青煙，鑽進金球裡去。

無妄知道這次是他一生中前所未有的險境。

屋頂上那位黑髮長袍的男子，幾乎已經解決了他所有能夠戰鬥的徒弟。它正抬起具有空間之力的恐怖手指，向著自己搖搖點來。

人身魚尾的水妖懸停在半空中，雷雲在它的頭頂上匯聚，它一臉不屑地抬起手臂，閃電的銀蛇纏繞其上，隨時都會落到自己頭上。

還有那個可惡的清一教法師，騎著戰鬥力強大的使徒，再次取出一張青色的符籙。

更讓他感到不安的，其實是那隻已經成年的天狼。那隻天狼截走所有的女子還沒回來。自己曾在那隻天狼還小的時候對它做過什麼，無妄心裡有數。

那才是對自己恨之入骨的死敵，它很快就要來了！

「仗著自己使徒眾多，就以為能騎到老子頭上嗎？」無妄一臉狠戾，「我要讓你們知道，被自己引以為傲的使徒毀滅，是什麼樣的滋味！」

他從衣袖中取出一個血紅色的搖鈴，露出了猙獰的笑容。

大量的靈力從他的身體中被抽出，流入那血紅色的鈴鐺之內。無妄那衰老不堪的面容也因為靈力迅速流失，以肉眼可見的速度，變得越發朽邁槁枯。

如果南河在場，必定能認出無妄手中的這個鈴鐺，就是當初取它骨骼而煉製的法器——媚音鈴。

剛才不注入靈力、只是憑空搖動這個鈴鐺，都能引得南河心神搖晃。此刻注入巨大的靈力驅動，威力難以想像。

詭異的搖鈴，鈴身血紅，鈴內的擊錘卻是一截潔白。

那骨白色的擊錘在大量靈力的驅動下，輕輕一擊，發出一聲輕響。

「叮——」

「叮——」

「叮——」

袁香兒的心神在這樣的聲音中搖晃了一下，她的心底湧起一股隱祕的灼熱，種種和南河在一起的畫面湧過腦海，整個身軀都隨之開始發熱。

「是媚音鈴，速念靜心咒。」清源的聲音在她的耳畔響起。

袁香兒回過神來，摒棄雜念，默念法訣守住心神。

「控制好妳的使徒，這個鈴聲對妖魔的影響極大。」清源再度出聲，活了上百年的他，非常了解這個曾在修真界鼎鼎有名的法器。

最初的時候，媚音鈴是人類用來對抗妖魔的強大法器之一。因為煉製材料極難尋覓，如今已逐漸在修真界失去蹤跡。清源萬萬沒想到，自己還能在這裡見到這個失傳已久的特殊法器。

此鈴一旦被靈力催動響起，便能勾動生靈內心深處最原始的欲望和最深刻的怨恨。人類術士默念靜心咒可自守，身具妖魔血脈的生靈卻容易被此鈴聲攪動得發狂暴躁，失去對自己的控制。

屋脊上的渡朔才剛轉身，這突如其來的鈴聲便一下敲在了它的心頭。

這令人煩躁的聲音，似乎曾在它的記憶中響起過。

在那座熟悉的山神廟之外，有人敲著銅鑼召集村民。

沒錯，就是這樣刺耳而鼓噪的鑼聲，一聲聲從耳朵鑽進心裡。

它敗給了一個人類。

失敗對妖魔來說，本來意味的也不過是終結和死亡。但那個人卻不肯殺它，還用鎖鏈穿過它的身軀，將它從廟宇一路拖進刺眼的陽光裡，拖進那些村民匯聚的視線中。

渡朔在那些鄙視嫌惡的目光中睜開眼，卻看見了躲在樹梢上的小狐狸。那隻它一手養在身邊的小狐狸，透過樹葉的間隙窺視著屈辱萬分的它。

快走，離開這裡！渡朔在心中吶喊。

那隻小狐狸卻從樹梢上跳下，朝它奔跑過來，一口叼住它的後脖頸，向著濃密的樹叢中飛奔。

「放開我，阿青。」

渡朔發現自己被丟在了一片碧波搖盪的大海上。

海上升起明月，月下有佳人，佳人目光如水，盈盈相望。

明明是自己一手養著的小狐狸，什麼時候變得這樣大了？

「我可以的嗎？」那位女子面泛桃花，紅唇瀲灩，四肢輕盈地探索到它的身前，

「哪怕只有一次，今生能得到渡朔大人，便是死也願意。」

九條長長的尾巴在它玲瓏的身軀後舒展開來，於迷濛的夜色中搖擺。

歷經了一千年歲月的山神，那顆心從不為誰動搖過，這還是它第一次如同這湧動的海面一般搖盪了。

渡朔鬼使神差地點了一下頭。

那柔軟的九條尾巴在月色下蔓延過來，束住它的雙手，纏住它的一切，帶它沉入深海，使它在波濤中繳械投降。

袁香兒抬頭看向不遠處的屋頂，站在屋脊上的渡朔出神地看著腳下波濤洶湧的水面，澈底愣住了。

一個被它制伏的術士悄悄爬起身來，踉蹌著逃向遠處，它都完全沒有反應。

程黃見狀，從喉嚨發出躁動的喉音。它伸出利爪，突然開始瘋狂撕扯束在嘴上的嘴套。它不顧一切地扯著刻有懲戒符籙的束具，絲毫不管是否傷到自己的身體。

「程黃！清醒一點！」清源呵斥道，他不得不驅動使徒契約加以約束。

那隻雄壯的獅子發出狂躁的吼叫聲，四肢濃煙滾滾，頂著契約懲戒的痛苦向清源撲去。

清源變幻指訣加大制約力道，那隻強壯的獅子滾落在地，於翻滾中發出痛苦的嘶吼，它的五官滲出血來，皮膚被自己抓傷，卻依舊想要毀壞限制住自己身軀自由的枷鎖。

清源不得不全力以赴地壓制它，「程黃，別這樣，清醒一點，你傷到自己了。」

天空中瓢潑大雨傾盆而下，一瞬間澆透了袁香兒的身軀。

袁香兒回過頭，看見身後的丹邏捂住腦袋，眉心那一抹赤紅越發鮮豔。

「吃了你們，淹沒所有人類的城鎮，或許就沒有這麼多讓我煩惱的事了。」丹邏慢慢地念叨著，抬起眼看向袁香兒，那雙目已經蒙上一層紅色。

袁香兒向後退了幾步，掐指來控制住它的行動。

丹邏在法陣中拚命掙扎，法陣的界限在它的劇烈反抗下搖搖欲墜，岌岌可危。

「該死的人類，我絕不會受你們的控制！殺了妳！我要殺死妳！」它已經徹底失去理智，朝著袁香兒怒吼。

清源在忙亂中分心看向袁香兒這裡，在所有的使徒中，他最為擔心的就是袁香兒的丹邏。它野性未除，成為使徒的時間尚短，必定最不服管束，容易陷入瘋狂的反抗中。

他不明白袁香兒為什麼不及時驅動使徒契約加以約束，儘管這樣可能會讓使徒自殘受傷，但也是此刻唯一的辦法。

他向袁香兒喊話，「它已經發狂了，聽不進妳的話，不能只用法陣，小心被它掙脫了！快動用契約懲戒，消耗它的體力！」

袁香兒沒有回應他，反而靠近了那個岌岌可危的法陣，蹲在法陣邊上，一手按住丹邏掙扎的肩膀，「丹邏，清醒一點。」

「你是最驕傲的，從不願被人類控制擺布。」

「為此，即便你斷了自己的尾巴、放棄生命也在所不惜。」

「你絕不可能受這個人類的鈴聲控制，是不是？」

混亂中的丹邏聽見了一個令它有些熟悉，卻又感到陌生的聲音。

這是一個可惡的人類，她想要將我契為她的奴隸。它渾渾噩噩地想著。

在它眼前很快出現了一個契約用的法陣，袁香兒就蹲在那個法陣之外，「都準備好了，你確定不後悔？真的願意做我的使徒嗎？」她轉過臉來，笑盈盈地問它。

它看見自己竟然點了點頭。

為什麼我會同意呢？

法陣運轉，它的眉心很快出現了一個結契的印記。

「太好了，丹邏，從今以後，我們就是一家人啦。」

「以後大魚也要一直住在這裡了嗎？」

「放心吧，不用多想，在這裡只要自由自在地生活就好，這裡有朋友，還有喝不完的酒。」

「所謂的契約其實和你認知的不一樣啦，阿香沒有提前告訴你嗎？」

身邊大大小小的妖精圍了上來。

丹邏在迷茫中查看了一下自己的身軀，這個契約十分奇怪，並沒有懲戒限制的能力，頂多能知道自己的位置和動向，或是隨時在腦海中和它交流對話。

沒有被限制嗎？她給我結的是這樣的契約嗎？

平等的契約，自由自在地活著，這裡有朋友，還有喝不完的酒。

丹邏從混沌中清醒過來，袁香兒正按著它的肩膀，擔憂地看著它。

鈴聲還在響，不時勾動著它心中嗜血殺戮的衝動。

是的，就憑這樣的鈴聲，也想控制住我？

丹邏冷哼一聲，咬破自己的舌尖。紅色的血液沿著嘴角溢出，它在疼痛中控制住心神，一抬手，數道銀色閃電從天而降，直劈向正在施法念咒的無妄。

無妄被雷電劈中，大叫一聲滾落在地，他鬚髮焦黑，口吐鮮血爬起身來，「不……不能，這是用天狼的腿骨煉製的魅音鈴，區區一隻水妖，憑什麼掙脫！」

袁香兒在傾盆大雨中慢慢站起身來，「你說什麼？你用什麼煉製的法器？」

在場的所有人裡面，無妄最恨這個小姑娘，年紀輕輕卻擁有厲害的法器，輕而易舉就搶走了他辛苦多年才蒐集到的怨靈。

但他也看不起這樣的女人。一個女子固然有些天賦，卻顯然是個被嬌養長大的女娃娃而已。出手都是一些控制和防禦的手段，都不忍心對陷入瘋狂的使徒動用契約，說不定連血都沒見過。

「天狼的骨頭。喔，我明白了，你們和它是一夥的。」無妄忍不住刺激這個狂妄的女子，「妳大概還不知道吧，那隻天狼曾經不過是我的囚徒。」

「天狼的全身上下都是寶貝，每個部位都能煉製成珍貴無比的法器。如果妳不曉得該怎麼做，我可以教妳。」他嘿嘿笑著，摸了摸那枚小小的白色擊錘，「那時候，我剝了它的毛髮，取了它的血液。當然，最珍貴的是這一截小小的骨頭……」

他的話還沒說完，多年戰鬥的直覺讓他感到一陣恐懼，他下意識把身體偏了偏。

有涼風掠過脖頸的肌膚，激起了一陣雞皮疙瘩。

無妄轉過眼珠，視線的餘光中，骨白色的小劍堪堪擦過他的脖頸，在天空中轉過彎來。

一隻斷了的手臂在空中旋轉，那手指骨瘦如柴，緊緊抓著一個紅色的搖鈴，被切斷的斷口處齊整平滑，甚至連血液都還來不及流出。

這是誰的手，為什麼拿著我的媚音鈴？

無妄的腦海中轉過了這個念頭後，手臂才傳來一陣劇痛。

他痛苦地喊了一聲，捂住自己斷了的胳膊，剛剛還覺得心軟天真的女人，卻一句廢話都沒說，直接出手斷了他一隻胳膊。

作為人類，他可不像妖魔，即便手腳或尾巴斷了，還能慢慢恢復，生長回來。人類只要斷了手臂，就是永遠的殘疾。

那個被他輕視的女子，一手駢劍指，一手接住飛回的短劍，目光森冷地看著他。她甚至不只想斷了自己的手，而是毫不猶豫地想在一招之間，割下自己的頭顱。

無妄心生恐懼，萌生了退意。

袁香兒接住了「雲遊」。劍柄握在手，入手生溫。雪刃卻含霜，劍氣森冷。這柄骨白色的短劍親切而靈動地和自己的心意相通，驅之如臂指使。

這是師傅的劍。

師娘將這柄劍給了自己以後，今日是第一次見血，殺的是該死之人。

「別讓他跑了，我要親手殺了這個人。」袁香兒再度祭出飛劍。

她絕不會說「你們都別出手，讓我一個人搞定敵人」這種給敵人留下空子的傻話，而是「大家一起動手，靠實力碾壓，搞死那個敗類！」這才是袁香兒的作風。

無妄拔腿就跑，數道雷電在他前後左右炸開，阻斷了他所有的退路。

「跑不了的。」丹邏聚指成爪，劈里啪啦的閃電在它指間流動，「有本事就用鈴聲挑釁我，別想逃脫！」

無妄的頭頂上傳來一陣巨大的壓力，就像空間裡突然出現一座無形的大山，狠狠壓在他身上，把他整個人壓趴在地面。

渡朔站在屋頂上，背襯圓月，伸指點住他的方向，將那個卑劣的人類壓在地上動彈不得。

袁香兒的短劍已經貼著臉，一下插在無妄眼前的地面上。

「你剛才說，你對南河做過什麼？」她低下頭看著那個噁心的男人。

「不，別殺我，別殺我。」直至瀕臨死亡，殺人無數的無妄這才感受到真正的恐懼。他捂住鮮血淋漓的斷臂，冷汗直流，顫顫巍巍地開口求饒。

「你說你取它的血液和骨骼，用來煉製法器？」袁香兒將短劍扎進他的大腿，無妄痛苦哀嚎道，「那只是一隻魔物，是一隻狼而已。我們是人類，奴役那些妖魔本來就是天經地義的事！小姑奶奶，我和妳賠個不是便罷，何必如此動怒？」

袁香兒抽出雲遊：「村裡的姑娘說，你時常找尋藉口，讓人將年紀輕輕的小娘子獻祭給你，那些姑娘上了島，就再也沒有回去過？」

「饒命，饒我一條命吧。我不敢了，保證再也不這樣了。」無妄滿面痛苦，蒼老的臉上涕淚直流，「我無門無派，一輩子敬小慎微，刻苦修行。好不容易熬到了今天，就要突破內視期了，能修到這個程度多不容易啊？妳我都是修士，應能體會期中艱辛。姑奶奶，就饒我一命吧？」

清源才剛安撫好他的使徒，抬眼一看，袁香兒那邊的戰鬥卻已經結束了。

那個平日裡總是溫柔地笑著，不管對人類還是妖魔都十分寬容的小姑娘，此刻手握一柄短劍，絲毫不顧敵人的苦苦哀求，一刀扎進那人的身軀。

清源忍不住咳嗽了一下，所以說人不可貌相，掌教就曾以身告訴過他，女子看起來柔弱，其實並非都是好欺負的，有時候她們的內心，甚至比男人還堅強。

一具人類的屍體被銀白的天狼從天空拋下，掉落在地面，是之前從渡朔手中逃跑的一位術士。

他幸運地藉著鈴聲的影響，從渡朔的手中逃了出去，卻在半途撞上趕回來的南河。

南河拋下那名男子，落到袁香兒面前，沉默地看著被袁香兒控制在手下的生死仇敵。

袁香兒抬頭看向它：「小南，你要親自動手嗎？」

無妄的牙齒咯咯作響，他縮起肩膀，銀髮的男子背著光，琥珀色的雙眸從高處凝望著他，讓他幾乎說不出求饒的話語。

他見過這雙眼眸。

那時候，有著這雙眼眸的小男孩被囚禁在籠中。而掌握著生殺大權的自己居高臨下，對他做出無比殘酷之事。

南河將目光從他身上收回，拉起了袁香兒，收起她手中的劍，仔細擦去她手掌上沾染到的血跡，將她摟進自己的懷抱。

袁香兒聽見身後傳來一聲輕響，那是骨骼碎裂、血漿濺起的聲音。

南河平靜地收了仇敵的性命。

「太便宜他了。」袁香兒靠著南河的肩膀。

「雖然此人不可饒恕，但我心裡已經沒有怨恨了。如若不是這樣的磨難，我可能沒有機會站在妳的身邊。」南河輕輕吻了吻她的鬢髮。

第六章　轉念

一場激烈的戰鬥結束後，湖心的島嶼上洪水退卻，空中遊蕩著無家可歸的冤魂。

袁香兒踩在泥濘中，將那個血紅色的鈴鐺拾起，把鈴中那一小截骨白色的擊捶取下，祭出符籙，將那赤紅的鈴身砸了個稀巴爛。

清源不免覺得有些可惜，「這可是難得的法器，留著也……好吧，也沒什麼用。」

袁香兒小心翼翼地將那一小截骨骼用手帕包好，收入懷中。隨後取出自己的帝鐘盤膝而坐，對著漫天哀嚎的怨靈念誦起往生咒。

玲瓏金球在空中旋轉，冥器中的幽魂也從中慢慢飛出。

清泠的鐘聲伴隨著女子念誦的吟唱聲，迴盪在島嶼上。

那聲音空靈縹緲，彷彿能安撫人心中的苦厄，安撫人間一切汙濁。

四處遊蕩的怨靈臉上，那猙獰痛苦的神色漸漸消失，它們抬起了面孔，看向頭頂銀河流光的蒼穹。

湖心島上孤魂野鬼的陰霾消散於歌聲中，月華更盛，湖面波光粼粼。星星點點的魂光在月夜中升起，成群結隊地伴隨著悠遠的鐘聲，遙遙向遠方飛去。

直到最後，袁香兒收起帝鐘，睜開雙目，卻抬手將一縷剛從無妄身軀中逃逸出來的魂魄，攝入玲瓏金球之內。

清源看到了，思想傳統的他不免開口勸阻：「小香兒，算了吧。生死業消，便饒恕他算了。」

「不，有些事可以算了，但有些事卻絕不能饒恕。」袁香兒將金色的玲瓏球收入自己的懷中。

「我說妳這個小姑娘家家，我有時候真看不透妳。」清源搖頭嘆息，「說妳仁慈吧，又好心得很，這麼事不關己的事情，卻願意冒險跑來救人。說妳狠心吧，嗯……人都死了還不肯放過。」他搖搖頭，彎腰想要扶起自己的使徒。

在媚音鈴的鈴聲中，反應最為激烈的便是清源的使徒程黃。

它一度瘋狂地想要撕碎身上的枷鎖，以致於重傷了自己。

躺在水澤中的程黃渾身毛髮溼透，撇開視線不看清源，不肯被他攙扶，也不肯化為幼小的形態。

清源不知該如何處置，本來使徒不聽指令，他應當驅動使徒契約懲處，強迫它變化形態以方便自己帶著它走路，但此刻的程黃渾身是血，毛髮凌亂地泡在水中。看著它這副傷重的模樣，清源莫名有些不忍心。

難道跟著這個小姑娘走久了，我也開始無端對魔物婦人之仁了嗎？

「我帶它走吧。」渡朔化為原型，從屋頂上滑下來。

清源看見渡朔主動幫忙，十分高興，湊上前去，「謝謝，多謝你。」

然而渡朔並不搭理他，只是將程黃背在自己的後背，展翅飛渡湖面而去。

一行人回到岸邊後，余家老小圍上前來，千恩萬謝地跪地行禮。

他們整夜忐忑地躲在湖邊的叢林中，眼看著一隻巨大的天狼將那些女孩送到岸邊，又看著湖心的島嶼電閃雷鳴，被洪峰淹沒。最終見到潛入島嶼的幾位高人，完好如初地從島內出來。

他們終於知道自己一家遇到了神仙般的人物，拯救了一家的命運。自己的女兒和那些無辜的姑娘，終於得以逃出魔爪，擺脫悲慘的結局。

分別之時，那位珍珠姑娘和幾位被救出來的小娘子，一臉嬌羞地來到南河面前。

「快看，快看，小南招桃花了。」胡青揶揄袁香兒。

卻見那位漂亮的珍珠姑娘咬了咬下唇，期期艾艾地說道，「我……我們還想見那位姐姐，不知可否麻煩恩公？」

胡青和袁香兒捂住嘴，努力憋笑。

「南河，就滿足一下人家姑娘的心願吧，我們也想見那位小南姐姐。」胡青和袁香兒一本正經地說。

傾國傾城的美人心不甘、情不願地再次出現在湖邊的月色中。

那些小娘子漲紅了面孔，紛紛掏出自己隨身攜帶的荷包，丟進這位小南姐姐的懷中，捂住臉往家的方向跑去，「多謝姐姐救我於水火，這輩子肯定不會忘記姐姐的恩情。」

眾人離開余家村來到附近的城鎮歇腳。

此刻夜色已深，白日裡繁華的城市安靜下來，千門閉戶，萬巷無人。

此刻，整座城市裡唯一熱鬧的地方，只有那些挑著紅燈的花街柳巷。

熱鬧的前庭中，無數男人們偎紅倚翠，花中消遣，尋歡作樂。

汙濁昏暗的後街，一扇小門被推開，幾個看家護院的男子抬著一捲草席出來。

「真是晦氣，又死了一個，三天兩頭就遇到這樣的事。」

「還是個啞巴姑娘，呼喊不得，客人不知輕重，給折騰沒了，賠了不少銀子呢。」

「得了得了，隨便丟到亂葬崗吧，早些回去睡覺。」

路過此地的袁香兒出手制住這些男人。

她沉默片刻，彎腰揭開草席的一角。

死者的身軀仍有餘溫，魂魄卻已毫無眷念地早早離開人世。

袁香兒取出玲瓏金球，驅動法訣，逼出其中唯一的魂魄。

「饒命，饒命。」無妄的魂魄一見著袁香兒，就開始拚命鞠躬討饒。

袁香兒說道：「這便饒你一命。這個姑娘於煙花之地損命，她身無靈根，不得修行，且口不能言，你便替她過完接下來的人生吧。」

「不，我不要！」無妄的魂魄拚命搖頭，「讓我死了算了，我不願為女子，不願！」

袁香兒伸手一推，將他推進那具剛死去的身軀內。

那些渾渾噩噩的護院們清醒過來，驚奇地發現捲在草席中、已經氣絕身亡的女孩竟然慢慢有了氣息。

「真是奇事，竟然又活了過來。」

「帶回去，帶回去。老鴇白拿了客人的銀錢，這會兒得高興了。」

他們押著不停比劃的女子回到妓院。剛剛轉醒的啞女不服管教，被男人信手扇了一記耳光，一把推進燈紅酒綠裡面。

「太狠了，妳實在是太狠了……」清源起了一身的雞皮疙瘩，從男人的角度來看，他簡直不敢想像這樣的報復有多麼恐怖。

「前輩，你有來過花街嗎？」袁香兒問他。

清源咳了一聲，雖然有些不好意思，卻也不願意說謊，「小姑娘家家的，怎麼問這個？我們雖然是修士，卻不忌男女大倫，年輕之時，總有應酬過那麼幾次。」

「前輩見著那些身在花街的女子，可有覺得她們不堪忍受，無法生存？」

「那……倒也沒有，畢竟這也是種行業，我看有些姑娘也活得挺開心的。」

「所以因為那人是男子，讓他身在其中，就變成奇恥大辱了？」

清源瞠目結舌：「妳這個小姑娘……我真是說不過妳。」

「不曾身為女子，絕不會體會到那些年幼的女孩，被逼上黑夜中的島嶼、面對無數向她們伸出的髒手時，是多麼驚惶。不曾被剝奪自由，禁錮靈魂，是不會反思被囚禁在鎮魂幡中，不得超生的絕望痛苦。」

「你讓我原諒這個惡貫滿盈之人，又有誰來體諒那些在痛苦中死去的靈魂？」

「如今，讓為惡之人體驗一遍自己曾經對他人做過的事，是否有罪，是否值得寬恕，就由他自行去審判吧。」

當夜，袁香兒一行便在城鎮內的一家客棧裡整頓休息。

南河走進屋的時候，袁香兒正趴在床上看那一截小小的白色擊錘。她看見南河進來後，飛快地用帕子將那一抹骨白色蓋住，生怕勾起它不好的回憶。

但南河早就看見了，它站在床頭，一手撐著床的橫楣，低頭看著袁香兒，橘紅的燭光從它的後背透過來，琥珀色的眸子裡帶著一點溫柔，「別浪費了，妳把它放進妳的帝鐘裡，請孟章幫忙煉製一下。」

「那時候……很疼吧？」袁香兒一手摸了摸南河的臉，另一隻手悄悄攥緊了那一團帕子。

「不要緊的，已經完全不疼了。」南河慢慢低下頭，湊到她的耳邊，「聽到那個鈴聲的時候，我沒有想起任何痛苦的回憶，只想到了妳，想著和妳在一起的快樂時光，想得我心底燃起了烈火。」

「我也是，小南。」袁香兒圈住南河的脖頸，「聽到鈴聲的時候，我也全想著你，就想像這樣抱著你，和你做一點快樂的事。」

落在她脖頸的氣息因為這一句話變得沉重，就連呼吸間都帶出一種甜膩的香味，

「阿香……」南河呢喃著這個名字，熾熱又滾燙的吻反覆落在那纖細的脖頸上。

那勾魂攝魄的鈴聲彷彿還在腦海中響徹。

或許今日的湖心島之戰對別人來說，只是戰鬥和殺戮。但對它而言，卻是澈底擺脫自己的心魔。

儘管表面上平靜無波，但它自己知道，體內的血液早已滾燙蒸騰了無數次。

南河的牙齒開始變得尖利，它壓抑著自己，輕輕啃咬和觸碰那柔軟溫熱的肌膚。但這根本解不了心頭之熱，反而讓身軀裡的每一根血管更加搏動叫囂，手臂克制不住地加重了力道。

南河把袁香兒按在榻上，盯著她，氣息灼熱。

它覺得自己此刻的面容必定是可怕的。

阿香是一個脆弱的人類，而它是一匹血脈賁張的成年野獸。

南河最終還是鬆開了袁香兒的肩膀，它怕自己克制不住，擔心自己不小心傷到最珍重的人。

「抱歉，今天發生了太多事，我實在過於興奮。」它站起身來，沒有轉頭看袁香兒，「讓我冷靜一下。」

袁香兒當然攥住了它，「別出去，我們好好說一會兒話。什麼也不做，就說說話吧？」

南河無奈地轉過頭看她。袁香兒笑盈盈地往床邊挪了挪，給它留出空位，「我想看小南姐姐。」

才正經了幾分鐘，袁香兒就開始提出要求，「剛才都沒空仔細看看，這會兒沒有別人，你再變一次，讓我一個人看看，好嗎？」

不管什麼時候，南河總是拿她沒辦法。

落雁沉魚、羞花閉月的美人坐在床邊，只給袁香兒一人欣賞。

袁香兒心滿意足地牽住小南的手。

這個男人真是太完美了，完美切合她一切的喜好。不僅可以抱在懷裡搓揉，還可以載著自己翱翔天際。

還有比它更完美的情人嗎？對袁香兒來說大概不存在了。

她覺得自己可能是上輩子拯救過全世界，才能過上如此幸福的生活。

「小南真是太漂亮了，這個世界上怎麼會有這樣的美人。」袁香兒握著身邊小娘子的柔荑不放，將人上下打量，「不過，真的是從裡到外都變成女孩子了嗎？」袁香兒開始想搗亂了。

「胡說，當然不是，唔……妳說過只想好好說話。」

小南今天似乎特別興奮，但它卻壓抑著自己，不知道在忍耐什麼。

那種想要放縱又不得不克制的模樣更誘人了。

「你怕控制不住自己就別亂動。」這句話是湊在南河的耳邊說的，「由我主動一些也是可以的啊。」

這樣欺負它，袁香兒覺得自己實在有些壞。

不過，她就是想看它快被逼瘋的樣子。

她很快就聽到了自己喜歡的聲音。

在客棧大堂中吃消夜的清源，察覺到樓上廂房內有術法的波動一晃而過，他一下站起身來，「誰在阿香的房間施法！」

「地束訣吧？」烏圓坐在桌邊埋頭蹭吃，見怪不怪，「不要緊的，阿香和南哥在一起的時候，總喜歡玩一些小遊戲，欺負一下南哥。」

清源「噗」一聲，把嘴裡的酒嗆了出來，但願這隻三百歲的幼貓不明白它自己說的是什麼。

「幹什麼？」烏圓不高興地端起自己的碗，「無知的人類，難怪你沒有朋友。朋友之間就是這樣相處的，我和錦羽、三郎它們每天都要打上好幾次。」

清源擦了擦嘴，看看樓上，又看看趴在自己身邊的程黃，覺得自己大概沒辦法仿效袁香兒的這種相處方式。

他示意店小二把一整盆香酥荷花魚擺在烏圓面前，討好地搓著手：「烏圓，你能不能告訴我，阿香做了什麼，你們才這麼喜歡她？」

烏圓眼睛亮了，埋頭舔盆，「就只有一盆嗎？」

清源抬手點菜：「再來一份蘇式爆魚，一份三春珍燴魚，一份黃燜銀鱈魚，全擺在我這位兄弟面前。」

「還要現炸的小魚乾。」

「對，香炸小魚乾也來一份。」

「也不是不能告訴你……」烏圓滿意了。

清源興奮地聽著。

「就拿渡朔來舉例吧。阿香殺進裡世，不僅和龍族與九尾狐妖王塗山大幹一場，還去跟洞玄教那老頭打了一架，然後才把渡朔換回來。她本來想讓渡朔回去裡世，渡朔卻自願留下來。」

清源洩氣了，他大概打不過這些人。

「不過我比較懂事，沒給阿香添太多麻煩。」

清源又燃起了希望。

「阿香經常說自己是我的鏟屎官，養我是她最高興的事。」烏圓挺起胸膛，「其實養我很容易的，就是每天給我梳毛，炸小魚乾給我，親手給我搭最好的屋子，不時做各種新鮮的玩具送給我，陪我玩藤球、躲貓貓，走到哪裡都抱著我，定期幫我按摩，還要記得帶我出去散步，……」

清源苦著臉，「等一下，我拿筆墨記一記。」

第二日一早，袁香兒端著早餐從樓上的客房下來的時候，正巧看見清源悄悄去到他的使徒身邊，期期艾艾地說道，「阿黃，要……要我給你梳一下毛嗎？」

結果卻換來程黃惱羞成怒的一聲低吼。

清源嚇了一跳，「那，那要我抱你出去嗎？」

客棧的屋頂險些被獅子的吼聲掀了。

「程黃傷得很嚴重啊。」袁香兒彎腰查看程黃的傷勢，把自己的早餐擺在它面前，伸手解開它的嘴套，「我給你上點藥吧，我的朋友虺螣，就是你也見過的那位蛇族，它送了我一些傷藥，效果很好。」

黃毛獅子發出一串不滿的聲音，卻罕見地沒有暴怒，只是趴在那裡大口吃飯，任憑袁香兒給它身上的傷口塗藥。

袁香兒上完藥後，順手摸了摸它的腦袋，也只換來一串不高興的喉音。不但沒有被利爪撲倒，也沒有被咬斷脖子。

清源眼睜睜看著多年來一直對自己凶巴巴的使徒，三兩下就被別人哄住，恨得幾乎要咬破手絹。

他悄悄把袁香兒拉到一邊，舉袖作了幾個揖，「阿香，妳就不能教教我嗎？到底要用什麼手段，才能做到讓它們真心服妳？」

「這不是靠手段。」袁香兒把使用過的藥品一罐罐整理好，「它們都是單純又敏銳的生物，你若真心對它們好，它們都能感受到。」

「真心對待一隻妖魔？」

「前輩，你只是被固有的觀念束縛了。」袁香兒抬頭說道，「其實你應該比我更明白，真正的友善和尊重，是不可能依靠強迫的。它的前提必然是平等。」

平等對待妖魔？那一定是瘋了才會這麼做。

「要麼暴力殘害，澈底讓它們屈服；要麼像朋友一樣，平等對待它們。」袁香兒攤手，「你也知道，洞玄教的掌教妙道得到使徒的辦法是折磨、虐待和殘殺。你如果能成為像他那樣的人，大概也不會像這樣一路跟著我了。」

行走在路途中的時候，清源終於忍不住把程黃戴著的嘴套解下。

程黃立刻轉過頭，一口咬住了他的手臂。

「別……別，你輕一點，好歹別咬斷了。」清源一臉痛苦，「我是人類，斷了可就長不出來了。以後沒人烤肉，就只能生吃了。」

程黃磨著牙，盯著他看了半晌，「呸」一聲把他的手臂吐出來，扭過頭去不搭理他。

清源看著鮮血直流的手臂，這才鬆了口氣。要是再不鬆口，他就不得不動用契約了。

阿黃還是捨不得把自己的手臂咬斷的。清源這樣想著，突然又高興了，快樂地跟上自己的使徒，「阿黃，你晚上想吃什麼，我可以烤給你吃。」

「吼——」

「阿黃，我們商量一下，如果你不逃跑也不咬人，聽話一點，我就把你身上的鐐銬也解了，行嗎。」

「你可以試試？」

「你受傷了，像烏圓那樣變小一點，讓我抱著你走吧？」

「走開！」

「別這樣凶我啊，不過你終於肯和我說話了。對了，你喜歡按摩嗎？烏圓說你們這種類型的妖魔都喜歡，我可以和阿香學一學。」

「……」

「還是你喜歡玩具？我也能給你做，你想玩球嗎？」

「……」

胡青奇怪地聽著這一人一妖的對話，悄悄問袁香兒，「這是怎麼了？」

袁香兒：「一個人的改變總是需要時間的，只要前輩願意嘗試便是好事，讓他們慢慢來吧。」

一路高飛，昆侖山轉瞬就到。

在袁香兒的印象中，昆侖山脈當是青嶂千里，雲氣萬仞的巍巍群山。可是到了地頭，才發現是一眼就能望到盡頭的幾座小小丘陵。山坳上隱隱露出古觀的紅牆飛簷，那便是清一教道場的所在之處。

據傳這裡曾是三君祖師得道飛升前的道場，百姓信仰的氛圍越濃，大大小小的三君廟在這個地界就越發密集。幾乎不論大小城鎮還是農家鄉村，都可以看見不同規模的三君神廟。

清源作為清一教的弟子，不便從祖師爺廟宇的上方飛過，於是早早領著大家落下地面步行。

「在我還小的時候，站在這裡是可以看見昆侖山的。」清源指向不遠處那小小的山包，回想起自己的童年往事。

「那時候的昆侖山有萬里之廣，裡面什麼都有，妖魔、人類、鬼物都有自己的生活區域，時時都能看見天空中有驅使著神獸飛行而過的華車，人類中術法高強的頂級大能也比比皆是。」清源遺憾地嘆了口氣，「如今整座山已經隱沒進了裡世，入口也變得難以找尋，這裡只剩下我們教派所在的這個山頭。百姓也逐漸忘記從前昆侖山的模樣，以為所謂的『昆侖』就只是這樣一座小山而已。」

他帶著袁香兒等人穿行在熱鬧的集市中，邊走邊向他們介紹昆侖山的前世今生和種種傳說。

不論傳說如何瑰麗，這座曾在歷史上留下過濃墨重彩的山脈，如今正處於被人類遺忘的時期。

袁香兒回想起自己的前世，雖然她的地理成績不是很好，卻也記得這塊土地在現今的地圖上，早已成為一片平原，再也沒有高聳顯著的山脈了。

在他們行穿行而過的集市上，有不少賣當地特色小吃的商販，袁香兒停下腳步，買了一種名叫「油餅」的小吃。

油鍋中現炸的麵餅外酥裡嫩，香脆可口，搭配香濃的豆漿，正好充作早食。坐在攤位旁吃油餅的客人不少，袁香兒等人也坐在一張方桌邊等待。

清源興高高興興地跑了過來，湊到袁香兒身邊，捲起袖子給她看。

那結實的胳膊上清清楚楚地印著一排尖牙留下的印記，固然沒有流血，看起來卻有些嚇人。

「阿香，聽妳的果然沒錯。妳看，阿黃已經不會凶我了。」他舉著自己的胳膊，看著那勉強沒有流血的痕跡，幾乎要笑出聲來，「它已經捨不得咬傷我了，應該很快就能像烏圓這樣，親親熱熱地和我相處啦。」

埋頭吃小魚乾的烏圓喵了一聲，突然覺得這句話有些奇怪。不過看在清源一路孝敬不少零食的份上，烏圓決定不和這個人類計較。

清源的年紀雖大，但一生都只專注在圈養使徒一事，從某種角度來看，其實也是個赤誠可愛的人類。

等到勁頭過去，看見和袁香兒坐在一起的使徒，清源又陷入了沮喪之中，「阿香，妳看我這一路，幾乎已經拿出伺候祖宗的勁兒了，低聲下氣，端茶倒水，精心照顧，我到底哪點不如妳？阿黃怎麼還是對我這麼冷淡啊？」

香噴噴的油餅才剛出鍋，香氣立刻勾起了大家的食欲，袁香兒接過老闆遞上來的油餅，分給每一個人。

在他們這張桌子後，一直站著一個七八歲的小男孩，雖然衣著樸素，但手臉乾淨整潔，眉眼清秀，十分漂亮討喜。

看他一直盯著自己手中的餅，袁香兒便隨手給了那個男孩一塊，「別看了，分你一塊，拿去吃吧。」隨後她接過老闆端上來的豆漿，先遞給還在沮喪的清源，「前輩，你要這樣想，如果有個人給你戴上鐐銬，奪你自由之身，將你使為腳力，哪怕他天天對你噓寒問暖，幫你梳頭洗臉，給你好吃好喝，你就會喜歡他嗎？程黃是妖魔，生性單純，對你的態度才能變化得這樣快。」

清源呆了片刻，摸摸下巴：「確實……是這樣。可是大家都是這樣，早就習以為常了。就像我們鞭打一匹牛馬的時候，已經不會再有人考慮牠是否疼痛或屈辱。」

「阿香，妳看問題的角度真的很特別，」清源一手拿著油餅，一手端著熱乎乎的豆漿，活了一百多歲的他，看人的眼光還是獨到的。

「我有時候覺得，妳一點都不像從小就在浮世[illegible]的姑娘，彷彿是從另一個世界來的人類。」

程黃慢慢穿過人群，緩步走了過來，一言不發地坐到渡朔身邊的空位上。它的個子特別高，猿臂蜂腰，精壯有力，金色的頭髮隨意地抓在腦後，五官立體，十分漂亮。只是眉宇間透著股厲色，讓它看起來不太好接近。

這還是它第一次以人類的模樣，出現在大家的視線裡。

清源馬上把那碗就要放到唇邊的豆漿推過去，十分狗腿地說：「阿黃，你先喝。」

在這個油餅攤子的斜對面，正好就有一間小小的三君廟。此刻還是清晨，空氣中瀰漫著晨霧，廟宇裡香煙繚繞，香客信徒們帶著祭拜用的金紙果品，口中念念有詞，跪拜祈禱。

從袁香兒所在的角落看過去，可以看見三君神像端坐神壇之上，低眉慈目，悲憫人間，法相莊嚴。

烏圓看著那些念念有詞的信徒，心中疑惑，「阿香，我們這一路走來，看過那麼多間三君廟，每間廟天天都有這麼多人念叨，即便神靈大人再怎麼神通廣大，也沒辦法全聽到吧？」

「是啊，所以我們沒什麼大事的時候，就不進去祈禱了，少給神君大人添麻煩。」袁香兒說笑了一句。

「聽得到哦。」一個突兀的聲音突然在空中響起。

這個聲音響起的時候，周圍的喧囂熱鬧彷彿在一瞬間隨之沉靜了。

袁香兒詫異地抬起頭，眼前的人們依舊在走動，相互說著話。袁香兒甚至可以清楚看見，南河正轉過臉和她說著什麼。

烏圓站起身去拿桌上的吃食，渡朔將一雙擦乾淨的筷子遞給胡青，清源捲起袖子給程黃遞油餅，而程黃和丹邏都露出一臉不屑的神色。

這一切明明就在她的身邊，卻又彷彿離她很遠。她就像突然被隔離到整個世界外，一切如隔屏窺物，而自己只是一個旁觀者。

在她所在的這個角度，世間一切的竊竊私語都條理分明地進入了她的耳朵。雖然混亂繁雜，但袁香兒卻莫名能在一瞬間全部聽懂。

「聽得到哦，我能清清楚楚地聽見每個人的聲音。」剛才的聲音再次響起。

袁香兒轉過臉，看見站在她身後不遠處的那個小男孩。

他依舊穿著那件樸素的棉布短衣，手上還拿著袁香兒給的那一塊餅，眉目純淨清澈，帶著一種看透世事的悲憫和聖潔。

這樣的神色出現在他稚嫩的面容上，竟然毫無違和感，甚至有一種本應如此的感覺，令人產生頂禮膜拜的衝動。

「你……是誰？」袁香兒知道自己大概又遇到奇特的存在了。

「我就是妳此行想要尋找之人。」稚嫩的童音帶著獨特的回音響起，那個男孩帶著淺笑，眉目溫和，「從前大家都叫我三君，姑且就把這個當作我的名字吧。」

「三君祖師？」袁香兒愣住了。她一路飛行趕路，跑了這麼遠，就是想求教這位舉世公認的尊神。但她完全沒想到，塑造在廟宇中金身威嚴、法相端莊的三君祖師，竟然會是男童的模樣。

那位神靈彷彿知道她心中所想，「我已脫離肉身，入忘我境，溶於世間萬物，世間萬物皆可為我之化，並不拘於特定的形體。」

「原來是……這樣嗎？」袁香兒不太知道該用什麼禮節來面對這位大名鼎鼎的神靈。按照風俗，自己是不是應該給這位大神磕個頭？雖然她在這個時代生活了這麼多年，卻依舊沒有養成對任意之人下跪的習慣，只得肅穆斂袖，行了一禮。

「見過三君。」

「不必多禮，三君只是世人給我的一個稱呼。我相溶於萬千生靈之中，眾生之所思所想，萬物之所悲所苦，莫有我所不知。」

那位小男孩清澈如水的眼眸直視著袁香兒，「只是如今這川流不息的世事中，為什麼會出現了妳這樣的生靈？妳就像是水流中突然出現的一塊山石，雖然身形瘦小，卻在不知不覺間改變了流水的走向。妳是誰？妳從何而來？」

「我？」袁香兒張了張嘴。和這位神靈的對話真是奇妙，他不過問了兩個簡單的小問題，卻如同鈴音一般，敲在袁香兒的心底，震得她心神動盪。

袁香兒凝思片刻，似覺自己的道心隱隱鬆動，似乎即將有所突破。

她來到這個奇怪的世界已有多年，見過不少法力高強的法師，別人先不說，就說自己的師傅余瑤。它是一位精通占卜算卦之術，能通過去未來的大妖。可即便是余瑤，也不能像這位一樣，一眼就看穿自己來自於不同的時空。

袁香兒思索了一下，慎重回答了這個問題，「我也不知道自己為什麼能來到這裡，我確實來自流水的下游，未來的時空。但無論如何，我還是我，並沒有改變。」

她恭恭敬敬地向著三君行禮：「晚輩今日特意前來，所謂之事，是想和您請教，怎麼才能去到萬里之外的南溟？」

三君看了她半晌，突然說出一句對袁香兒無異於石破天驚的話，「鯤鵬陷於南溟，是它自願所為，妳不必過去，也不能過去。」

「您知道我師傅？」袁香兒一下急了，她伸出手，想要拉住男孩的衣袖，「我師傅為什麼會陷於南溟？為什麼我不能去？」

那位三君的化身在空氣中潰散，雪白且細碎的晶體如沙粒散開，他那平靜恬淡的笑容殘影在空氣中滯留了一瞬，最終消失在煙熏火燎的人間界。

當那些晶體散去的同時，周圍的畫面立刻變得生動鮮活。人們說話的聲音和油餅下鍋的聲響，重新進入袁香兒的耳裡。

「怎麼了，阿香？」南河問她。

「我剛剛看見了。」袁香兒還有些恍神。

「看見什麼？」

袁香兒沒有馬上回答，只是舉目遙望著端坐在廟宇中的巨大神像。

「什麼，妳剛剛見到三君祖師了？」

「三君祖師長得什麼樣？和廟裡一般又高大又慈和嗎？」

聽完袁香兒的奇遇後，大家都十分吃驚。袁香兒將剛才發生的一切，細細述說了一遍。

「哈哈哈，不可能，阿香妳在做夢吧？你們人類的神靈怎麼可能是一個小孩子的模樣。」烏圓哈哈大笑。

在場的所有人，只有清源露出了詫異吃驚的神色，「阿香，妳真的見到祖師爺本人了？即便是我們清一教的弟子，這些年求見祖師爺，最多只得一縷神諭。妳竟能見到師祖化身？」

「這件事罕有人知，如今寺廟中供奉的祖師塑像其實並不真實。祖師修行無量渡人術，在飛升之時確實是六七歲的孩童模樣。」

眾人聽了他這一番話，方才相信袁香兒剛才在大家的眼皮底下，見到了三清祖師的化身。

雖然接觸的時間不長，但那體驗卻十分奇妙，讓袁香兒有種脫離肉身的感覺，似乎在那短短的時間裡，觸摸到了一個全新境界的邊緣，在剎那間便體會到眾多生靈的思想和悲歡。

這樣的生靈確實不能再稱呼為人，已經是存在於另一種層面的精神體了。

就是這樣的神靈，他告訴了袁香兒，她的師傅是自願陷於南溟，而她不能去尋找。

袁香兒感到一股前途未卜的沉重。

「不管怎麼說，還是先上山吧。我問問我們掌教，她是我的師姐，年歲比我大上許多，看她是否知道些什麼。」清源看見袁香兒悶悶不樂，開口勸慰。

大家一邊討論這離奇的事件，一面沿著山腳往上走，向清一教道觀所在的山坳爬去。

上山的石階十分窄小，石階兩側青松迎客，幽蘭傳香，時不時可見一兩位教中子弟從山上下來。這些清一教的弟子不論老幼，只要看見清源，皆束手側身，恭恭敬敬地立於山道兩側，口稱師叔或是師叔祖。

清源也不擺架子，笑盈盈地和他們打招呼。

洞玄教和清一教並列為天下數一數二的兩大修真門派。相比洞玄教建在京都的仙樂宮軒昂大氣、金碧輝煌，昆侖山的清一教便顯得過於簡陋樸實。狹窄的山道，爬著青苔的臺階，斑駁落漆的紅牆，處處透著一種置身世外的古韻凜然。

登到半山腰後跨進院門，門內的臺階下，數名年幼的小弟子列隊練習著基礎的體術。再往內是妖魔的受訓場，這裡所有的使徒，都身束著封印的枷鎖，被限制在一定的範圍內，不允許肆意走動。

雖然清源在門派內的輩分極高，法力也強大，但他只醉心圈養使徒之事，這片受訓場是他和他的弟子們唯一負責的事。

一個要出遠門的弟子，急忙在場地外登記了一下後，挑撿一隻妖魔，拉著鎖鏈把它拖出來，騎上它的脊背飛離道場。

守著場地門口的年幼女弟子瞅著沒人了，拿出一副羊拐，和一隻小兔子精面對面坐在草地上，嘻嘻哈哈地玩耍。

當她玩得正開心的時候，驟然看到自己出遠門的師傅，突然出現在面前。

那位女弟子嚇了一跳，侷促地站起身來，將和她一起玩耍的小兔子藏在身後。

「師傅我錯了，我不該偷偷把妖魔放出來才對。」她下意識直接開口認錯。

但等了半晌，師傅卻沒有像往日那般訓斥自己，而是伸手摸了摸她的腦袋，帶著身後一隊奇奇怪怪的人，從她身邊穿行而過。

清源領著袁香兒等人穿過這片關押使徒的場地，場地內的大小魔物被統一束著嘴罩、鎖著鐵鍊，在各自的角落裡或蹲或站地看著他，無一不滿眼仇怨和憎恨。只有躲在小弟子身後的那隻小兔子，悄悄露出腦袋，紅寶石一般的眼睛轉了一圈，又匆忙收了回去。

一位似乎犯了什麼過錯的使徒被捆綁在地上，眼眶泛紅，發出刺耳的尖叫咒罵聲。它的主人是一位六十多歲的術士，正站在一旁發動懲戒契約，懲處不願馴服的使徒。

那只是一隻灌灌，是攻擊力和術法都十分低微的小妖。強大的妖魔極難契為使徒，即便是在清一教，能擁有一隻灌灌，也算得上是教中頗有資歷的修士了。

如果是從前，清源會覺得小妖野性難馴。但這一次也不知道是為什麼，看著那些被鐵鍊拴在牆角的魔物，和那隻滾在塵埃中嘶吼反抗的女妖，清源突然覺得，這些事並不是那麼理所當然。

他從那個弟子的身後走過去，抬手給了他腦袋一下。

「師……師傅？」

那個年逾古稀的修士是清源的徒弟，他被突然出現的年輕師傅嚇了一跳，不知道自己做錯了什麼，抱著腦袋連聲道歉。

「人間已經沒什麼妖魔了，我們總共就這麼幾位使徒，你就不能對人家好一點嗎？你這樣動手動腳地欺負人家是什麼意思？」

清源蠻橫不講理地把自己的徒弟教訓了一通，後面一群年紀大小不一的徒弟和徒孫們，全都縮起腦袋不敢回話。

年老的徒弟不知道師傅為何出了一趟山門回來，就突然改變了態度。但他從小被師傅養大，早已習慣這位師傅的性格跳脫。

師傅年紀越大，反而越發變得天真浪漫，不諳世事，因此也不以為意，只是開口問道：「師傅，怎麼不見師兄們和你一起回來？」

清源這才想起，自己只顧著琢磨改善和使徒之間的契約關係，卻把一群徒弟遺忘在了兩河鎮。

他尷尬地摸摸下巴，不再多話。領袁香兒等人穿過這片區域，向著掌門所在的院子走去。

幾位在場的弟子看著他們的背影，湊在一起竊竊私語。

「師傅肯定又把虛極他們忘在半路上了。」

「那些是什麼人，看起來好像是妖魔？」

「不套上枷鎖，就這樣走在人間，不會發生危險嗎？」

那位年紀最小的師妹指著那些背影蹦了起來，「啊，那是不是程黃？最高的那個，金色的頭髮，你看他額心的印記！」

「原來程黃的人形是這麼英俊的嗎？」她和另外一位女弟子抱在一起，「我還是第一次看見程黃人形的樣子。」

程黃啊。

那就是阿黃，我天天給它梳毛呢。

原來阿黃這樣好看啊。

這麼久才回來，晚上給它燉個牛尾湯吧？

女孩子們壓抑的尖叫聲從後面傳來，程黃回頭瞥了一眼。

愚蠢的人類。

它在這個地方待了多久？是十幾年還是幾十年？在它成千上萬年的壽命中，這樣的時間其實沒有任何區別。

其實即便是清源那個老頭，也不可能活上多少個年頭，轉眼就會湮滅成灰。

算了，如果他肯解開鎖鏈，陪他們玩幾年也不是不可以。

第三咒〈余瑤〉

第七章　堅定

袁香兒去過洞玄教的仙樂宮。掌教妙道獨居的院落氣派不凡、格調高雅，院門外守著四方聖獸的化身神像，院內更是樓臺亭閣，法陣森嚴。

然而清一教掌教所居的院子，基本就是一個農村的菜園。幾窪菜地，籬笆青綠，杏花的枝頭從牆外探進院裡。

果然是什麼樣風格的掌教，就決定了整個教派的行事作風。

袁香兒等人被領進一間只能算得上乾淨整齊的木屋。等了片刻，一位剛從菜園裡回來的老太太走進屋裡洗了一把手。

「小阿源，難得見你帶著客人來找我，是有什麼事嗎？」那位老太太在木榻上坐下，揮手示意徒弟端上茶水。

「掌門師姐，這位小友想要尋找去南溟的辦法，我特意帶她來請教您。」

清源將袁香兒的經歷和訴求告知了一遍。

袁香兒還是第一次在這個世界見到女性掌教，或者說是第一次見到身居要職的人類女性，忍不住感到好奇。

「這樣看著我做什麼？」那位衣著樸素，滿頭銀髮的老太太笑咪咪地開口，「是覺得一個女子不應為清一教這樣大門大教的主事者嗎？」

袁香兒：「不是這樣的。在這個時代，我們女子因為在體力比不過男子，大多數不得不居於男子其下。但修真煉氣之後，男女之間已無顯著的優劣之分，如果這個時候還給自己灌輸不如男人的思想，那才是可笑之處。」

那位老太太哈哈大笑，「不錯不錯。小小年紀，修為見識卻不俗氣，還擁有這麼多使徒。阿源他看著妳，想必忌妒得都要睡不著。他這麼賣力地幫妳，是妳許諾給他什麼好處了吧？」

「說起來也沒有什麼特別之處，只是一個法陣。」袁香兒沒有過多的猶豫，也不想再以此要脅清源，用指尖牽出靈力，凌空繪製了一個小小的陣圖。

清源看見袁香兒直接把陣圖畫出，差點跳了起來。

他繞著懸停在空中的法陣轉了數圈，看了半晌，還是拿不定主意，疑惑不解地轉過頭問他的掌門，「清繆師姐，這是？」

名叫清繆的掌教真人瞇起眼睛，細細看了半晌，疑惑道：「妳這個法陣毫無用處，對妖魔並沒有制約能力。」

「怎麼會沒有用處呢？我們可以知道彼此所在的位置、情緒和狀態，還可以隨時相互聯繫。」袁香兒看著那位執掌清一教的掌教真人，又轉頭看向清源，「清源前輩也覺得毫無用處嗎？」

清源回頭望著坐在袁香兒身後的所有使徒，想起這一路的相處，來回搓著自己的手，猶豫地對他的師姐說道，「師姐，這世間的魔物已經越來越少了，我……我覺得我們和魔物其實也不是不能好好相處，我想仿效阿香的做法。」

年邁的掌門坐在木榻之上，滿是皺紋的手指輕輕搓著手中的茶杯，沉吟了半晌，「阿源，師姐的壽限快到了，而你還有很長一段路可以走。清一教遲早會交到你手上，你好好拿定道心，想好要帶大家走什麼樣的路便是。」

清源聽著這樣的話，心中有些惘然。

修真之人能夠突破肉身的極限，比凡人獲得更多壽元，這讓他產生了一種時光停滯的錯覺。他曾是這一輩弟子中最小的一位，上有師長，下有關照寵愛他的師兄師姐，他甚至覺得自己能像這樣悠然自得、毫無壓力地渡過漫長的一生。

直至今日掌門師姐說出了這句話，他才突然發現，門派中的長輩都已經一一離去。不論面容保持得再怎麼年輕，曾經年少的他，也已經渡過了一百五十個年頭，真正走到了不得不擔起責任的時候。

白髮蒼蒼的清繆站起身，拍了拍他的肩膀：「別著急，師姐還能撐個些許年，你好好準備，想清楚最終要帶門派走向哪一條道路。」

老太太走到袁香兒面前，「想去南溟就跟我來，我帶妳去看看。」

袁香兒跟著她走在山道上。

清一教的後山荒草叢生，霜露蒙翳，偶有狐虺竄伏，枯藤野樹間隱約可見廢棄的石刻虛臺。

這樣的景象讓袁香兒有些熟悉，她回想起走在裡世的時候，那些崩塌的樓臺和被遺棄的神像，在荒野中慢慢等待被時光掩埋的命運。

即將走到歲月盡頭的老太太拄著拐杖，慢慢在前方帶路，「小姑娘，妳要去南溟做什麼？」她問。

袁香兒：「我的師傅在那裡，我要去找它。」

「呵呵，瞎說。南溟那種地方只有深海和魔物，不是人類可以立足之地。妳師傅是誰，它怎麼可能待在那裡？」

「我的師傅名叫余瑤，人稱自然先生。」

「余瑤？」清繆老太太停下腳步後轉過頭來，「妳居然是余瑤的弟子？」

「您認識我師傅嗎？」

「對我們這一輩的人來說，自然先生的大名，又有誰不知呢。」清繆看著袁香兒等人，滿是皺紋的臉笑了起來，「難怪妳能擁有這麼多使徒，我當年還以為先生能同使徒相偕，只因它是妖身。如今看到了它的徒弟，方服先生之能。」

「您和我家先生熟悉嗎？」

「我雖敬重自然先生，但和它並不熟悉。因為它是妙道那老賊的朋友。」清繆提到了同為知名掌教的妙道，似乎變得很不高興，說話都帶出了點口音，「妳曉得妙道吧？就是洞玄教那個齷蹉鬼，我和他是死對頭。不過他和我一樣都老了，不管再怎麼想折騰，也折騰不了幾年囉。」

清繆踩著野地裡的枯枝野草，帶著袁香兒等人來到一處荒廢的石臺前。那石臺被苔痕覆蓋，依稀可見上面刻了繁紋符咒，透著一種古老的威嚴肅穆。

清繆在石臺的階梯前站定，「雖然我覺得妳那個法陣並無作用，但阿源卻是真心感到高興。我也可以算是妳的長輩，既然得了妳駕馭妖魔的法門，就沒有白拿的道理。妳想去南溟，我可助妳一臂之力。但南溟之凶險，去之九死一生，妳可要想清楚了。」

袁香兒點頭：「多謝前輩，我想清楚了。」

清繆點燃了三柱香，在恭恭敬敬地祭拜後，將它們插在階梯前的土地上，口中念誦法訣。

裊裊青煙升起，整面石臺突然亮起淺淺的光澤，空間中平白出現一道明晃晃的分隔號，那分隔號直通雲霄，能溝通天地的線條緩緩裂開，整個空間彷佛在眾人的眼前，被撕裂出一道縫隙。

從那條裂縫看去，能隱約看見那頭的景物和這片山林完全不同，在那裡時而是熱鬧輝煌的城市，時而切換成石崖峭壁，最終定格為一片茫茫大海。

「這是祖師當年使用的傳送法陣，用此法陣，可縮地成寸，須臾間達到四海八荒的盡頭。但穿過異度空間之時凶險萬分，能否順利抵達，端看妳的法力修為還有運道。妳若不怕，就上去試試。」

袁香兒抬腿就往臺階上走去，南河等人自然跟隨在她的身邊。

初登上石臺之時平靜無波，傳送法陣亮著柔和的光芒。

烏圓在她耳邊說話：「哈哈，這下可以去南溟看看了，那是連我爹都沒去過的地方，等它睡醒了，可以和它吹噓一番。」

南河正朝著她伸出手，「牽著我，別走太快。」

烏圓的聲音還未落下，袁香兒也還來不及抓住南河的手，眼前那熟悉的手掌突然消失了。

袁香兒一抬起頭，發現眼前沒有南河，沒有烏圓，也沒有其他人，只剩下一片無盡的空白。孤零零的石臺靜立在茫茫空間中，石臺之上是那道連接天地的空間裂縫。那裂縫就像擺在袁香兒眼前的大門，緩緩敞開，門的另一端則是一片刺眼的藍。

沒能跟進來的南河等人，不停在袁香兒的腦海中說話。習慣和夥伴們待在一起的袁香兒，此刻孤身一人，她看著眼前詭異的門縫，瞬間心生懷疑。

「都勸妳別去南溟，妳為什麼還是來了？」一個稚嫩的聲音響起。

袁香兒轉過頭，只見那位六七歲的少年神君，正坐在石臺的欄杆上，溫和地看著袁香兒。

「在這個世界上，總有些不得不為之事。」袁香兒說。

少年抬起手指在空中一點，一滴黑色的墨痕出現在蒼白的牆面上，那水墨勾勒成線，濃淡鋪陳，逐漸在白色的世界裡繪製出一幅水墨畫卷。

袁香兒突然想起，她曾在妙道的居所看過這種畫，那是可以隨時變幻，展現人間過往的壁畫。

「妳還年幼，不知道妖魔肆虐人間之時，人類過得是什麼樣的日子，妳看一看此圖，便會明白我的用心。」那少年說道。

畫卷不斷變幻，現出山川河流，巨大的妖魔在其中咆哮穿行，鬼物遊蕩人間，百姓身居其中多苦多難。

在那靈氣充沛的世界，無數墨痕繪製的小人修煉成真，與妖魔鬼物相抗，人間戰亂不休。

其中有幼童模樣的術士修為高深，憫人間疾苦，終以一己之力分出浮裡兩世。

「至此之後，人魔之間互不攪擾，各得其所，是不是比從前好多了？」少年神君伸出手，雙目明亮，「可是只要這世間還有靈氣不斷滋生，終究會生出新的妖魔，也會不斷出現力量強大的修士，除非……徹底斷絕靈氣在世間的流通。」

在他說話的同時，畫卷上突然出現大陸的邊緣。在南面的茫茫大海深處，一個具有靈力的漩渦正緩緩旋轉著，這是大地上靈力的根源，浮世一切的靈力都發自於此。

一條黑色的大魚出現在畫面上，雖然那模樣並不熟悉，但袁香兒的心卻莫名驟縮了一下。

一種直覺讓她覺得，這就是師傅余瑤的本體。

她上前兩步，屏住呼吸，卻只能眼睜睜地看著那條墨黑色的魚，緩緩靠近那個漩渦，最終義無反顧地將自己的身軀堵上靈穴之源。

袁香兒一手指向畫面，一臉震驚地轉過頭來。

少年開口解釋：「我飛升之後留下肉身靈骨，煉成金丹一枚，能使凡人延壽萬歲，起長生不死之效。世獨唯一，再無其二。妳師傅余瑤找到我，願以身換之。」

「以身換之」四個字像一聲驚雷，在袁香兒腦中響起。

心神搖晃了片刻，她才逐漸理解這代表著什麼。師傅為了得到世間唯一的長生不死之藥，用自己巨大的身軀去填海底的靈穴了。

所以師娘的壽命明明已經走到盡頭，卻又突然重獲新生，而師傅余瑤不告而別且不曾回來。人間的靈氣也在這短短的幾年，越發急劇變得稀少。

「鯤鵬已經和海穴化為一體，直到時間的盡頭也出不來了，這是它心甘情願做的事。妳即便去了南溟，又能如何？」少年神色溫和，語調稚嫩，向袁香兒伸出手，「回去吧，這不是妳該管的事。」

「你身為神靈，能化世間萬物。」袁香兒搖頭後退，以手點著自己的心，「但你也失去了身為人類的心性，忘了每個個體都有屬於他自己的悲歡。無論為了什麼，我作為師傅的徒弟，絕不會眼睜睜看著它在海底被禁錮萬年，永世不得解脫。」

她轉身向著那道裂縫跑去。

那將空間撕裂的縫隙像是巨大的門扉，門裡的道路是一片無盡的黑光，袁香兒在那道黑光中拔足狂奔，這條路似乎沒有盡頭，出口的那一抹海藍掛在遙不可及的天邊。

兩側是虛無扭曲的混沌世界，紫色的閃電和颶風時而竄出，打在袁香兒的身上，雙魚陣早早啟動環繞在她的周圍。

那守護她多年，從未被任何人攻破的強大防守法陣，卻在這樣的電光和風壓中，隱隱出現了潰散之態，一紅一黑的兩條小魚一反從前悠然自得之態，迅速環繞著袁香兒游動起來。

一條粗大的紫色閃電劈在雙魚陣上，法陣裂了一角，紫電的餘波打在了袁香兒的身上。她在地上打了個滾，一骨碌地爬起身來，抹去嘴角的血紅，繼續往前跑。

「師祖，不用攔住她嗎？就讓這個孩子這樣跑去南溟？」一個蒼老的女聲在空間裡響起。

少年坐在石臺的欄杆上，看著那道身影終於飛奔到明亮的出口，投進那一抹蔚藍之中，「讓她去吧，她是這世間唯一的變數呢。」

大海的深處是一片漆黑的世界。那裡過於深沉，沒有一絲光亮，甚至連聲音都被黑暗吸收殆盡。

「阿香？」一雙眼睛突然在黑暗中睜開。

「阿香遇到了危險，竊脂，你去幫幫她。」

「我不去，你自己都搞成這副模樣了，還有空惦記別人？」

袁香兒一衝出那道空間裂縫，就「撲通」一聲掉進了大海中，整個人被冰涼的海水淹沒。

前世的她生活在海邊的城市，熟悉水性，並不驚慌，很快調整了方向游出水面。身後，那道傳送法陣迅速閉合消失。

袁香兒舉目四望，四面八方的景物幾乎一模一樣，這裡是無邊無際的海洋。泛著泡沫的蔚藍海水，細密的波濤聲，頭頂一輪明晃晃的烈日。

雙魚陣依舊守護著她，歷經磨難的護罩有些無力為續地忽明忽暗。一紅一黑的兩條小魚在袁香兒身邊徘徊，無精打采，疲憊不堪。

袁香兒伸出雙手，那兩隻小魚便游動到她的手心上，擺動尾巴，還在她的手上蹭了蹭，一副受了委屈的模樣。

「休息去吧，我能照顧好自己。」袁香兒柔聲說道。

兩隻小魚彷彿聽懂了她的話，有些不捨地轉了半圈，身形逐漸變小，最後隱祕進她的眼眸中。

袁香兒拿出水靈珠，讓自己能在水中行動自如，再動用戴在手指上的小星盤，查看附近的地形，在確認島嶼的方向後踏浪前行。

這裡的海域寬廣至極，等到袁香兒好不容易爬上一座海島，天色已經開始變暗，空中烈陽歸穴，海上生一輪明月。

袁香兒尋來柴草點燃一堆篝火，烘乾自己溼透的衣物。

這裡的夜晚寂靜而奇幻，遠處多首多目的巨大海魚躍出海面，那龐大的身軀在水鏡般的海面一閃而沒。馬頭龍身的魔物在水天交接處搖擺身軀，破雲而去。天空的繁星比任何時候都更耀眼，有如無數璀璨明珠點綴於神祕莫測的夜空。

獨自躺在海島上的袁香兒，聽著富有節奏感的海浪聲，看著漫天星斗。

這裡的星星好漂亮，要是小南也在就好了，可以和它一起看一會兒。袁香兒心想。

大家都不在身邊，空闊無邊的世界中只有自己孤身一人，袁香兒已經很久沒有感受過這樣的寂靜，這讓她有些不習慣。

她動用契約呼喚了南河一聲，腦海裡只傳來南河低沉的嗓音。它只是「嗯」了一聲，似乎有些心不在焉的樣子。

她又用契約呼喚胡青和烏圓，烏圓很是焦慮，百般問詢。胡青語氣溫柔，實則擔憂難安。

透過傳送法陣來到南溟後，昆侖山石臺上的法陣也隨之消失，不論其他人再怎麼著急，都無法重新開啟，袁香兒也只能時不時用使徒契約和大家報平安。

看來這一次只能靠自己啦。袁香兒不停鼓勵自己。不要緊的，自己也能行，這不是特別困難的事情，一步步看情況做下去，總有解決的辦法。

但她卻不知道，此刻自己的那些朋友們，已經一路疾馳趕到了京都附近。

「烏圓，這樣真的能行嗎？要不要跟阿香說一下？」胡青憂心忡忡地問停在她肩頭的烏圓。

南河化為天狼，遠遠地飛行在前方，直奔京都仙樂宮。那是個曾經囚禁過渡朔，讓胡青心生恐懼的地方。

但此刻的渡朔化身神鶴，浮野懸天，緊追在南河的身後，一往直前，毫無猶豫。

「能行，南哥說能行就能行，咱們夜探仙樂宮。」烏圓揮動毛茸茸的小拳頭說道。

仙樂宮內的四聖廣場上，繪製了一個極其複雜的法陣。法陣四方以四聖神像壓陣，輔以眾多靈玉法器，顯然耗費了巨大的精力和時間，方才布置成功。

守在法陣邊緣的皓翰皺了皺鼻子，問身邊的窕風，「奇怪，我好像察覺到一種陌生的氣息。」

窕風懶洋洋道：「多心了吧，向來只有主人找別人麻煩，你什麼時候看見有人敢進仙樂宮搗亂的？何況，有你我二人守在這裡，還能出什麼差錯不成？」

皓翰不放心地抬首張望，目光從空無一人的屋頂上掠過，見四周毫無異常，這才放下心來。

然而此刻，就在那琉璃瓦鋪就的屋頂上，正趴著南河、渡朔、丹邏、胡青和烏圓。一層透明的護罩從遮天環上展開，遮蔽了眾人的身形。

在余家村男扮女裝的時候，其中一個遮天環就戴在南河的手臂上，如今正好派上用場，青龍煉製的法器果然不同凡響。

眾人一路潛伏進入仙樂宮，都沒被任何人察覺。

「南河，你確定妙道布的這個法陣，是能去到南溟的傳送法陣嗎？」渡朔悄悄詢問。

「是的，妙道得到水靈珠後，我心中有些不放心，時時借阿香的珠子查看他的動態。那時候我就發現，他在準備一個複雜的法陣。」南河輕聲回覆，「直到上了昆侖山，我才終於發覺妙道布的法陣，和那裡的傳送法陣一模一樣。我們在這裡等著，如果他發動法陣，我們正好跟著進去。」

「難道這個人也要去南溟？余瑤可真是個香餑餑，離開人間這麼多年，還有如此多人記掛它。」丹邏是水族，一心期待盡快去到南溟。

不多時，國師妙道果然換上一身便於行動的衣物，出現在法陣邊緣。

「主人，現在就出發嗎？」寃風苦著臉問，「南溟可是極凶之地，我們不再多準備一些時日嗎？」

「我今日心神不寧，起了一卦。卦上顯示事不遲疑，遲恐生變。」妙道托出一枚水靈珠，「即刻出發。」

睡在篝火邊的袁香兒被大地的一陣晃動驚醒，當她睜開眼的時候，海水已經漫到了她的腳邊，身下這座生長著繁密綠植的島嶼，整個在晃動中沉沒。

一顆巨大的灰褐色頭顱從水中冒出，那頭顱上頂著一對在暗夜中發光的眼珠，張開利齒交錯的大嘴，居高臨下地向著袁香兒咬來。

袁香兒抬手祭出數張雷符，粗大的閃電從天而降，擊中那隻海妖的腦袋。

這種雷符是請丹邏用尾巴印出來的，攻擊力比烏圓的貓爪符強上不少。

在旅途的路上，袁香兒曾將這種製符的辦法同清源分享，可是無論清源怎麼嘗試都沒有成功。

「或許只有妖魔們心甘情願將妖力借給你使用的時候，這個法陣才有效。」當時的清源垂頭喪氣地說著。

海妖的頭顱被雷電擊中，吃痛悲鳴一聲，沉入海底遁走。袁香兒連同腳下的島嶼，猝不及防地一道沉入水中。

她這才發覺腳下的這座島嶼，竟是一隻巨大海妖的脊背。

才剛把衣服烤乾的袁香兒，再度落進冰涼的海水裡。從水裡的世界往上看，身邊是一同掉落水中的亂石荒木，透著月光的水面上出現了一道白色的身影。

一隻蒼白的手臂穿過水面，一把抓住袁香兒的手腕，將她提出海面。

海面之上，背襯著明月，凌空懸立一人。那人身披潔白的翎羽，有著一張雌雄莫辨的面孔，狹長的眼瞼四周描繪著濃墨重彩的胭脂紅，正低頭看著被它拉出水面的袁香兒。

「我沒有找錯人吧，怎麼一下就變得這麼大了？」

它頭戴一頂紅色的冠帽，兩條長長的殷紅帽巾從白皙的頰邊垂下，正一臉疑惑地看著袁香兒，那殷紅的冠帶在袁香兒的眼前晃動著。

竊脂。

是師傅的使徒！

袁香兒抬起頭，看著那張熟悉的面孔。童年時期的諸多回憶瞬間湧上心頭。

那年她才七歲，第一次被師傅抱著走進庭院。梧桐樹上的竊脂便是這樣垂下紅色的帽巾，一臉好奇地看著她。

「這是竊脂，是為師的使徒。」當時的余瑤笑盈盈地和她說道。

「竊脂？哈哈，是竊脂！」袁香兒給竊脂一個大大的擁抱，她的身上又是泥又是水，把竊脂一身仙氣飄飄的羽毛都弄髒了。

「喂，小傢伙，放開，髒死了。」竊脂想要把掛在它脖子上的人類幼崽掰下來，卻沒能成功。

那個髒兮兮的人類幼崽摟住它的脖子大喊大叫。

它第一次見到袁香兒的時候，袁香兒還只是一個如豆丁一般的幼崽，如今這顆豆丁雖然長高了一些，對它來說也不過還是幼崽而已。

有這麼高興嗎？她以前不是很怕我嗎？竊脂無奈地想著，展翅帶著袁香兒離開這片海域。

純白的大鳥戴著一頂紅冠，飛翔在單調乏味的海面上，後背載著一個髒兮兮且溼答答、摟住它脖子的人類。

那個小傢伙很高興，竊脂覺得自己好像也莫名覺得開心，雖然它不知道讓它愉悅的根源在哪裡。

它時常嘲諷余瑤愚蠢又可笑，但在這個幼崽找來的時候，總算讓它覺得余瑤也不是蠢得那麼澈底。

竊脂把袁香兒帶到一座安全的海島上，「竊脂，我師傅呢？師傅它在哪裡？」

「妳既然能找到這裡，想必已經知道發生了什麼。」它說，「余瑤就是一個愚不可及的傢伙。」

身披白羽的竊脂站在礁岩上，看著腳下洶湧的波濤拍打黑色礁石，突然想起自己第一次和余瑤相見，也是在這樣一片漆黑的海岸邊。

那時候的它被一群難纏的蠱雕追殺，翅膀在戰鬥中被咬斷，鮮血淋漓地掉落進海中，最終被海浪沖刷到岸邊。

那天冰涼渾濁的海浪和腳下這些浪花沒什麼不同，都冷漠地拍打它羽毛凌亂的身軀，每一次都帶走大量的鮮血和體溫。

就在它以為自己必死無疑的時候，一個化為人類的妖魔出現在它身邊，「啊，好可憐的小鳥，翅膀都斷了，把你帶回去好了。」

半昏迷的竊脂被兜在那人黑色的衣袖裡，帶回一座人類的庭院。

那庭院中有一棵巨大的榕樹，帶它回來的余瑤在樹上埶了一個乾燥的鳥窩，包紮好它的身體，將它安置在樹上。

追尋氣味而來的蠱雕群縈繞在附近的空中，發出如嬰兒啼哭一般恐怖的叫聲。

蠱雕是一種令所有魔物心生恐懼的妖魔，不僅強大凶殘，更麻煩的是，它們總是成群結隊地行動。只要是被它們看中的獵物，必定窮追不捨，即便是強大的妖魔，也不會想招惹上成群的蠱雕。

「你不必擔心，安心養傷吧。只要待在我的院子裡，就沒有東西能進來傷害你。」余瑤站在樹下，抬首看著從巢穴中伸出腦袋的竊脂。

等它再次回來的時候，空中的哭泣聲已經遠遠散去了。只是余瑤的身上帶了一些淡淡的血腥味，那是它自己的血。

從那之後，竊脂就住在了這棵榕樹上，相處的時間久了，竊脂漸漸發現余瑤的奇怪之處。

它明明是強大的生靈，卻似乎特別喜歡柔弱的人類。作為一隻妖魔，它很認真地修習人類的術法和知識，過著和人類一般無二的生活，甚至能像人類一樣使用法陣符籙，因此也和許多妖魔結下了使徒契約。

這個帶著榕樹的院子，每隔一段時間就要將整體移動到另一個地方。裡面住著大大小小的各種妖魔，大家都成了余瑤的使徒，也成了余瑤的朋友。

但余瑤的朋友卻不只有它們。

院門打開的時候，經常會進來一兩個戰戰兢兢尋求幫助的人類，余瑤對他們總是很有耐心，也不讓大家隨意欺負他們。

它和一個討人厭的道士成為了朋友，甚至收養了一個人類的幼崽作為徒弟。

這一切的根源，或許都來自它那位身為人類的妻子。余瑤很喜歡它的妻子，院子裡的大家也很喜歡那個會做各種美味食物的人類。但大家心裡都清楚，人類的壽命譬如朝暮，遲早都會離開。這本是最簡單的道理，所有的妖魔都懂，沒想到最為睿智聰慧的余瑤卻沒能明白。

當雲娘的壽命無可奈何地走到終點的時候，竊脂發現素來沉穩鎮定、什麼都不怕的余瑤澈底慌了。

它時時在榕樹下的石桌邊坐上許久，翻書，查閱，寫寫畫畫，隨後又捂住腦袋，將鋪滿桌面的稿紙揉成一團，將其化為灰燼，灑進那石桌的小世界中。

「你在慌什麼？像你這樣強大的生靈，不應該還有害怕的事物。」竊脂忍不住從樹蔭中探出腦袋。

「我曾經也以為自己很強大。」余瑤搖頭苦笑，「如今我才知道，強大的只是我的力量，而不是這顆心。窫脂，我過不去這道坎了。」

直到最後，窫脂不得不眼睜睜地看著自己的朋友，做了不可理喻的蠢事。看著它在那個人類朋友的蠱惑下，愚不可及地和人類的神靈做了交易，用它那整個世界最為強大的身軀，換取了一個凡人的長生久視。

潮溼漆黑的海礁之上，烈烈海風吹白羽凌亂，窫脂注視著漆黑的海面，對袁香兒說，「妳無法想像鯤鵬的本體有多麼龐大壯觀。那一天，我們所有人都站在岸邊，眼睜睜看著那比山嶽還要巨大的身軀，逐漸沉向無底的深海。鯤落，守海穴，化而為嶺。它永世都要待在那裡，再也不能回來了。」

雖然已經提前知曉了一切，但當窫脂再次述說此事，袁香兒的心彷彿被什麼東西一把攥住了。

酸澀的痛楚伴隨著童年的回憶一起湧出，眼淚在眼眶中打轉，她努力忍著，沒讓那些淚水掉進海中。

師傅離去之前，蹲在自己的面前說：「香兒，人間生死聚散，本應順其自然，不該過度執著。」

可是它自己卻堪不破，執著地不肯放手。

師傅消失的那天，雲娘背對著漫天雲霞蹲在袁香兒身前，摸著她的腦袋，「我不知道妳師傅去了哪裡，也不知道它什麼時候回來，但我相信它總有回來的一天。」

「我能做的只有將自己的日子過好，每一天都活得開開心心的，等妳師傅回來的時候，看著才會覺得高興。」

師娘是那樣認真努力地活著，等著師傅的歸來。但她卻不知道，師傅永遠回不去了。

以身換之，用生離換取死別。

「大家呢？其他人都去哪裡了？」袁香兒酸澀地問了一句。

「哪裡還有什麼其他人，它知道自己再也回不來，就解除了所有契約，讓大家都散了。」窈脂臉頰邊的殷紅綬帶凌風亂舞，「只有我閒極無聊留在這附近，偶爾陪它說說話罷了。」

三個巨大的人形頭顱突然浮出海面，每一個腦袋都似樓船般大小，俊美的面容，詭異的神色，下面連接著水蛇一般長長的脖頸，慢慢向著海島的方向游來。

「是海妖，那傢伙很厲害，我帶妳走。」窈脂忌憚地看著那隻妖魔，拉住了袁香兒的手。

這裡是南溟，世間萬物的起源之地，強大而恐怖的古老妖魔時常出沒，是一個極其危險的地方。

「等一下。」袁香兒給它看自己戴在手腕上的遮天環。

遮天環展開透明的護罩，一人一妖趴在了海島的礁石上。

那海妖巨大的五官從他們眼前的海域緩緩游過，絲毫沒有注意到停留在海島上的兩個生靈。

直至那龐大的身影遠去，窈脂方才鬆了口氣，看著身邊的袁香兒，「不錯啊，果然長大了。」

對妖魔來說，實力才是判斷成長的標準。

袁香兒得到像親人一般前輩的表揚，心裡高興起來，將自己的隨身法器像獻寶一樣地拿給窈脂看。

手腕上戴著神鶴羽毛煉製的遮天環，手指上套著天狼族特有的小星盤，脖頸上掛有九尾狐氣息的南紅項鍊，腰間還配戴著冥蝶的玲瓏金球。

她在最後托出了一顆蔚藍色的水晶珠子。

「水靈珠？」窈脂有些吃驚，「這可是龍族之物。」

袁香兒托著那一枚在月色下暗華流轉的珠子，眼眸裡也倒映著靈珠的粼光。

「有了它，我可以抵達大海的深處，到最深的海底去看一看師傅，我會想辦法帶它回來。」

竊脂還記得袁香兒剛被余瑤帶回來時的樣子，那時候的她就像一隻失了雙親的雛鳥，脆弱，迷茫，戒備心還很強。

但這一刻，這個不知天高地厚的幼崽，臉上透著溫柔的光，眼眸裡盛滿自信和堅定，還大言不慚地說要去數萬米的深海下，救助那活了萬年的上古神獸鯤鵬。

竊脂幾乎不忍心打擊她這樣的自信。

「那可是連妳師傅都無法解決的事，像妳這樣的小傢伙，又有什麼辦法？」它只好這樣提醒道。

「我知道很難，但人的一生很長，我慢慢想辦法，慢慢嘗試，總會有希望的。」

「哈哈，人類的一生很長？」

「不論是人類還是其他生靈，對他們自己來說，從出生到死亡的這個過程，都是漫長而珍貴的。」袁香兒認真地看著手中的水靈珠，「我喜歡師傅，敬重師傅，絕不願看見它承受這樣的磨難。我可以傾盡這一生的時間去努力，希望總是有的，哪怕不成，於心也安了。」

即便是蚍蜉、螻蟻，牠們的一生也是完整而珍貴的，如今有一隻蚍蜉想用盡畢生之力，去撼動那棵大樹。

竊脂看著認真說話的袁香兒，心中莫名湧起一個念頭——

余瑤那樣的喜歡人類，或許也不是沒有道理。

袁香兒手中的水靈珠亮了亮，球形的介面上突然浮現出一些影像。

當時孟章將水靈珠交給她的時候，就曾說過這是雌雄雙珠，持雌珠者可窺視雄珠附近的景象。最開始的時候，南河擔心妙道會對大家做出不利的舉動，還時時拿著這顆珠子看一看。

此時袁香兒細細看去，水靈珠中現出的是一片海域，海面上的空間出現一條細長的裂縫，縫隙中正邁出一個人類。

那人雖然換了衣物，但袁香兒還是辨認出了來者的身分。

「妙道？他來這裡幹什麼？」

「可惡，這個該死的術士，他又想打什麼主意？」

袁香兒和窺脂異口同聲地說道。

水靈珠內，妙道除去上衣，伸手束起長髮。

他的面容年輕俊美，超脫凡塵，但隨著衣物除下，裸露出來的肌膚卻令人不寒而慄。

蒼白的身軀骨瘦如柴，肌膚大面積的腐朽潰爛。如果不是看到他那張毫無表情的面孔還能說話，絕不會有人相信這是一具活人的身軀。

跟隨妙道而來的使徒，一位是全身布滿蜘蛛花紋的女子，一位是身如枯木的老者。

「主人，您確定要自己下去嗎？」擁有蜘蛛紋路的女子開口問道。

「這個海底有數萬里之深，即便是像妳這樣的妖魔，沒有水靈珠，也會被輕易壓成肉餅。」妙道取出水靈珠，「想要那個東西，只有我親自去才能放心。」

「但這裡是南溟，大妖雲集，主人這樣隻身犯難真的值得嗎？」

妙道嗤笑一聲，伸手在它的臉上捏了一把，「妳倒是關心我，只不知幾分真情假意。」

女性的使徒如蜘蛛一般，伸出八隻細長曲折的手臂，歪著腦袋看妙道，「當然是真心喜歡主人，我最喜歡的就是主人啦。」

妙道不再搭理它，轉頭看向腳下波瀾壯闊的海域，似乎在自言自語，「這世間修真門派萬千，一半都奉三君為祖師，事實上又有幾人真正繼承了三君的道統？便是清一教的那些蠢貨，也不過只能煉製延壽十年的長生丹罷了。世間只有我，不僅再現了祖師的山河圖、傳送陣，如今我還要和三君一樣，煉出一枚真正的長生丹。」他說完這句話後投身入海，潛入碧波深處，很快就不見蹤影。

守在海面上的老者不耐煩道：「妳提醒它那麼多次幹什麼，死了不是更好？早點恢復我等自由之身。」

「我喜歡他啊，我就喜歡他這種扭曲又可憐的人類。這世間的靈力越發稀薄，等主人死了之後，只怕再也找不到這樣有趣的人類了，你還差這麼幾年的時間嗎？那麼早回去幹什麼。」它在梳理完鬢髮後舉起明鏡，隨後搓了搓被海風吹冷的肩膀，「為什麼是我們兩個守在這裡？南溟好可怕啊，還是待在仙樂宮的浩翰和窕風比較幸福呢。」

在仙樂宮的法陣之前，負責看守的浩翰面色凝重，看著悄無聲息地突然出現在它面前的南河等人。

「你們怎麼進來的？」它不明白這幾個膽大妄為之徒，是怎麼突破仙樂宮的重重守衛。

憑空出現在法陣附近的天狼對它不理不睬，身化流星，硬闖法陣！

「想硬闖？門兒都沒有！」窕風背生黑色雙翼，擋在南河的面前。

南河看起來沒有開口，但一種低沉的音調已經從四面八方響起，「請星辰之力！」

熊熊燃燒的巨大隕石拖著長長的尾巴從天而降，直撲窕風。

「我靠，一來就出大招！」窕風拚盡全力接住那顆從天而降的火石，還來不及喘口氣，第二顆隕石已經攜熱浪逼近，第三顆也拖著明亮的煙尾出現在夜空中。

而南河本人，早已閃身進入了法陣。

「我沒得罪過你吧？和浩翰比試的時候，也沒見你這麼凶啊？」窕風作為烏族，最怕這種天火，只能狼狽躲避、胡亂吼叫。

「怎麼沒得罪？上次你欺負阿香，把我們全都得罪了！」烏圓銜著它做了個鬼臉，藉機溜進傳送法陣中。

浩翰大喝一聲，額生利角，眸現金瞳，撲向接連衝入法陣的眾人。

一襲羽衣攔住了它。

「抱歉，浩翰，你的對手是我。」渡朔對著自己曾經的朋友說。

兩人身後的胡青和丹邏已經藉著這個機會，魚貫通過傳送法陣。

短暫的硝煙很快結束，法陣前徒留一片狼藉。驟然闖陣的敵人一個都沒被攔住，全穿過國師留下的法陣去到了南溟。

「這下怎麼辦？我們要跟進去嗎？」窕風喘息著，用胳膊撐著膝蓋，一身羽毛凌亂，頭臉熏得焦黑。

「渡朔看起來，好像過得還不錯。」浩翰答非所問地說了一句。

「你還有心情管它好不好？這一回等主人回來，你我的責罰可少不了。」

第八章　再會

妙道潛入冰冷的海水中，幽藍的水面之下不再似人間，彷彿這裡是另一個世界。先時，陽光還能透過水面，在視線內形成奇特的光影，耳邊響著連綿細密的嗡鳴，偶爾有好奇的小魚想靠近妙道那散發腐朽氣味的身軀。

水靈珠發出微弱的光芒，讓人類得以在深海中呼吸自如，不懼巨大的海壓，可以無限制地潛入海底的最深之處。

妙道知道自己還要在這無底的深淵中下潛許久，這裡很深，是世間最深的深淵。他或許要花上一整天的時間，才能抵達他籌謀多年的目的地，那裡有他唯一的朋友，也是他恨之入骨的魔物。

漸漸的，這裡的世界越發幽暗冰冷，就連最微弱的光線也被吞沒。豐富的聲音逐漸消弭，一種悠遠古老的低鳴從最黑暗的深處浮起，迴圈反覆環繞妙道的心頭。

在這樣黑暗而詭祕的海水中不斷下墜，他的耳邊漸漸嘈雜起來。

「太厲害了，我們頂不住！」

「我們錯了，就不該到九尾狐的巢穴來！」

刺耳的喊叫聲在腦海中響徹，他的身軀明明在緩緩下沉，卻彷彿有人在他的肩頭推了一把。

「師弟，快走，你先走！」師兄持著劍，一把將他從妖狐的利爪下推開。

妙道在混亂中爬起身，到處都是火與血。天空黑沉沉的，像是這深沉的大海一般。恐怖的魔物從高空伸下巨大的利爪，剛才推開他的那位師兄被魔物抓在手中，高高舉上天空。

妙道呆滯地仰頭看著，只見師兄在空中拚命掙扎，然後一團血肉模糊的東西蓋住了他的頭臉。

不知道是誰拉著他拚命向後跑，在跌宕起伏的視線中，他看見了真正的地獄。

昨天明明還湊在一起吃飯、討論課業的師兄師姐們，就那樣輕易地被拍死在懸崖上，被碾碎在魔爪下。

從此以後，妙道的人生就像這深海一般，只剩下無邊的濃黑。

水靈珠淡淡的光芒從胸口透出，驅散了一點點黑暗。

是的，他的世界裡也曾出現過像這樣的微光。

在那棵梨樹下，有人背著刺眼的陽光，將一顆黃澄澄的秋梨遞給他。

「別那樣沮喪，現在是秋天，收穫的季節，應該讓自己高興一點才對。」那個人淺笑著向他伸出手，彷彿這個世間真的不存在任何煩惱。

從那之後，那座小小的庭院，那位總坐在梧桐樹下的朋友，便成了他生命中唯一的光。

其實他很不喜歡余瑤這樣的人，那種悠閒淡然的性格會消磨自己心中的殺意，但殺戮和仇恨是他活下去的動力，他曾發誓要殺盡世間魔物。

但不知道為什麼，每當自己傷痕累累、支撐不住的時候，總是忍不住拖著殘破的身軀來到那個庭院。

只要他推開門，那位朋友總會在榕樹下轉過身來，笑著對他說，「阿妙，你來了。」

他們在樹下的石桌上切磋術法，探討修行中疑難之事。偶爾會有一隻白羽紅冠的大鳥，從樹冠中探出頭來，「天氣這麼好，不用來睡覺，又和這個人類磋磨無聊的事。」那隻使徒公然抱怨一句。

「先生，我可以把這個吃掉嗎？」一隻幾乎毫無法力的松鼠抱著不知從哪裡得到的堅果，打斷了他們重要的對話。

然而余瑤總是溫和地遷就它的使徒，「可以，但不要一口氣吃太多，仔細晚上鬧肚子。」

「阿瑤，我餓了，去山裡捕獵。」低沉的聲音從地底響起。

「去吧，犀渠，小心一點。」

「阿妙好些天沒來了，晚上燙兩壺秋月白，再炒一點花生，你們倆好好喝一杯。」說這話的是余瑤的妻子。

妙道起身行禮：「勞煩嫂子了。」

一面厭惡著這樣的熱鬧，一面又忍不住地想要接近。

直到他修行多年，終有所成，闖入裡世尋覓九尾狐妖塗山報仇雪恨的那一天，他發現自己錯估了對手，根本無法和對方匹敵。

不僅如此，他還錯估了自己的朋友。

成群的妖魔們追得他亡命奔逃的時候，余瑤出現在了他的身前。

那唯一給過他溫暖和光明的朋友，化身為一隻漆黑且巨大的魔物。

相比起血海深仇的塗山，妙道覺得自己更加憎恨的是余瑤。

如果沒有余瑤的出現，而他的人生只專注在殺戮和憎恨上，就不至於像如今這樣糾結痛苦，永遠都擺脫不了那種孤獨和煩悶。

他一度用盡手段，讓自己契約下更多使徒。

他住在人間最為熱鬧繁華的都城，身邊圍繞著眾多對自己百依百順的使徒，卻依舊沒有半點作用。

仙樂宮內冰涼又寂靜，遠沒有那座小院中的半分熱鬧。

深海中，一隻水母般的巨大魔物發現了妙道，它張開半透明的裙襬，想要將妙道吞噬下去。

妙道扯下束住雙目的緞帶，空洞的眼眶中冒出濃濃黑煙，柔軟的水母對上那雙濃黑的眼眶，很快在海中變得僵硬、漆黑，最終化為碎片，向著深海沉沒。

一路下沉，一路殺戮，那些在他手中死去的妖魔，使他的心漸漸恢復平靜。

不要緊的，一切終將過去。

他畢生琢磨三君祖師遺留在人間的手記，在一次請香召喚祖師降臨中，將余遙想要使凡人長生的訴求告知三君祖師。

這一次，拿余瑤的金丹煉成永生之藥後，再殺死塗山，我就能得到解脫，不再活得像這樣痛苦。

終於落到了海底，在這樣的海洋深處，是一片生命的荒漠，沒有陽光，沒有聲音，沒有妖魔，也沒有游魚，甚至連最頑強的水藻都不見蹤影。

只有一片連綿起伏的山丘。

遠遠看去，黑沉沉的山丘彷彿一隻大魚，平靜地躺在深海底部。

妙道的雙目不能視物，但他擁有極為敏銳的感知能力，任何靈力的流動都會清晰地出現在他的腦海中。

世間萬物皆有靈，不論是山川河流，還是妖魔鬼魅，唯一的區別只在於靈力的強弱。

只是在這樣深的海底，擁有靈力的生靈極其稀少，妙道的世界幾乎是一片純粹的黑。

直到那片山嶽出現在他的視線中，黑暗無光的視線裡便出現了高低起伏的山嶺，那坐落在海底的龐大山丘四周，有無數微微泛著螢光的生靈，在不急不緩地游動著，勾勒出連綿起伏的山丘輪廓。

遠遠地看過去，就像是一隻沉睡在海底的大魚。

那占地廣闊的山嶺散發出絲絲細微的靈氣，遊動的靈氣透著一股平和、恬靜的氣息。讓妙道想起不久前見到的那位小姑娘，她使用的法陣就帶著這樣的氣息，沒有絲毫憎恨和怨氣，彷彿快樂與心平氣和才是這世間的常態。

隨著他的逼近，那些無害且悠閒的浮游生物也只是從他身邊游過，完全不介意這位腐朽的外來者，反倒包容接納地靠近他。

連綿的山脈到了，可以看見山脊上有一座盤膝而坐的人形石像。上身人形，下半截身軀卻和山石融為一體，像是一個被永遠禁錮於此地的囚徒。

妙道停在了石人的面前。

如果他能視物的話，此刻的他會看見海水中的這座石像面部栩栩如生，那石化的臉龐在水波中，依稀帶起溫和的笑容。

即便看不見，妙道也能從中察覺到那股平靜淡然的熟悉氣息。

明明落到這樣悲慘的境地，它竟然還能抱持如此悠然自得的心態嗎？

妙道伸出蒼白的手指，試圖撫摸那沉靜多年的石像。

萬年神獸，至純至善，又在這靈穴之中沖刷洗滌了數年。它的金丹大概是妙道唯一能夠得到、煉製長生靈藥的藥引。

他並指成掌，這一掌下去，便可粉碎眼前的一切，粉碎自己長久以來痛苦的根源，達到長生久視之境。

用了長久的壽命，終於能殺死仇敵，大仇得報，何其暢快！

掌心只差半寸距離，眼前的石人卻毫無反抗能力。妙道眼眶中的黑霧滾滾，殺意在胸中蒸騰，手指卻無端停滯了。

我在猶豫什麼？他反問自己。

「阿妙？你怎麼來了，你是特意來看我的嗎？」一個熟悉的聲音從腳下的山嶽浮起，帶著毫不作偽的快樂，浮動在幽深的海水中。

妙道停在石像前的手指慢慢凝聚，最後握在掌心。

「來看你？不錯，我就是特意來看你的。」他的語氣冰冷，隨便來個人應該都能聽出其中的嘲諷之意。

但余瑤似乎沒有察覺到，「我很高興你能來看我。這些年，只有竊脂能透過契約和我說上幾句話。」海水中的聲音微微帶上了一點寂寞，「這裡太安靜了，不知道外面流逝了多少歲月，也不知道雲娘她過得怎麼樣？」

妙道抿住了嘴，片刻後開口，「她很好，和當年一樣樂觀開朗，無需你擔心。」

「是嗎？」黑暗中的聲音頓時快樂了起來，「阿妙，我新收了一個小徒弟，是一個女娃娃，很可愛的，你見過了嗎？」

「見過，她算是把你那一套學得一模一樣。」

「真的？也不知道阿香有沒有長高。」

「不僅長高了，膽子還很大，甚至還敢和我動手。」

妙道不明白自己為什麼就這樣順著余瑤的話說了起來，他告訴自己不應該虛耗時間，卻下意識地一句接上一句。

看著因為自己到來而高興的朋友，他心中懊惱，語調突然變得惡毒，「後悔了嗎？

就為了一個人類。」

那水波中的聲音似乎笑了，「阿妙，雖然你看起來在生氣，但其實我們很了解彼此。你應該知道，能把雲娘留在世間，我只有高興。若非如此，你也不會奏請三君降臨，讓我找他換取靈藥。」

「請三君降臨，可不是為了你。」妙道的語氣漸漸變得冰冷，「我苦心鑽研三君手記多年，得知煉製長生丹的要訣在於一道藥引，那藥引需是世間至純至聖，又經天地靈氣百般淬煉之物方可。三君用自己的靈蛻成丹，我求而不得，百般思索，只覺或許還有一物能有此功效。」

「今日，我便是來取此物。」妙道再次殺氣騰騰地抬起自己的手，「把你的金丹給我吧，阿瑤。」

「等一下，阿妙。」余瑤的聲音聽起來並不吃驚，只是打斷了他，「我金丹已失，並不在靈山之內。」

「我承認我確實有些不忍心對你下手，但你看看我的樣子，我壽元將至，走投無路。」懸立深海之人雙目失明，身軀潰爛，「我今日無論如何，都要取你的金丹一試。你不給，就休怪我動手了。」

「這裡並沒有金丹，你即便掘開整座靈山也無用。」余瑤的聲音和往日一般溫和，「是你引導我答應三君鎮守此地，封住靈脈，難道你要親手破壞這一切嗎？阿妙，你曾深恨魔物，人魔兩界分開，不也正是你的心願嗎？」

「虛妄之言！你不過是捨不得自己的金丹罷了！」妙道陡然爆發，怒喝一聲就要出手。

一道紫光從上方落下，化為一團紫色的閃電，海水導電，閃電在妙道四周炸裂，瞬間傳導開來，那驟然亮起的紫光照出一張猙獰扭曲的面孔。

妙道抽身後退，一道小巧的身影從海水中直降下來，落在了他的面前。

正是一路趕來的袁香兒。

她隨身攜帶水靈珠，泛起一層和妙道身上一樣的光芒。

「水靈珠有兩顆？妳竟然背著我私藏其一？」妙道怒道。

「呸，無恥小人，卑鄙之徒。」袁香兒不接他的話頭，開口就罵，「口中天天說憎恨魔物，要驅盡人間妖魔。現在好了，為了自己能夠長生不死，反倒跑來想要挖開靈穴。臉呢？不要了嗎？」

她雖然比妙道先到南溟，但落地的位置離余瑤更遠。從水靈珠內得知妙道的居心叵測後，當真是心急如焚，一路疾馳，萬幸在最後關頭趕到。

此刻的袁香兒憋著一肚子火，也管不得別的，先戳著妙道的痛處一口氣罵爽快了再說。

她身後輕輕響起一個熟悉的呼喚，「香兒。」

在這個世間，朋友之間多半稱呼她阿香。香兒這個名字，僅有少數幾個長輩會叫。

久違的聲音響起時，袁香兒狠狠地難過了一下。

她動了動嘴唇，不敢回頭去看，死死咬住牙關，將眼眶裡的淚水憋回去。

師傅是最疼自己的，在師傅面前她從來都是想哭就哭，想笑就笑。

如今只是不想在敵人面前露怯。

「妳師傅沒教過妳嗎？小小年紀不要不知天高地厚。」妙道輕鬆避開閃電，淡淡開口，「曾經不過是看在妳師傅的份上，對妳有幾分寬容，倒慣得妳如此狂妄。」

他立在海水中，周身泛起熒熒微光，空洞的雙目中溢出黑色的濃煙，枯瘦的身軀潰爛腐敗，有種說不出的陰森詭異。

袁香兒眼眸裡那沉寂許久的黑紅雙魚，在此刻突然出現，以異常迅速的速度繞著袁香兒，飛快旋轉了起來。

「哼，雙魚陣。把護身法陣留給這樣的小丫頭，自己則失去了法力，毫無防護，待在海底，不是任人宰割嗎？魔物就是魔物，愚蠢至極。」

隨著妙道的聲音響起，一個巨大的陣圖在海水中浮現。

威嚴，肅穆，飽含天地之威的巨大神像從四面八方慢慢升起，法陣還沒發動，那種氣勢和威壓已經讓袁香兒寒毛聳立，心裡抑制不住地升起一股想要逃跑的畏懼感。

這才是身為國師，天下道門第一人的真正神威。

「香兒，妳不必同他相抗，快點離去，師傅不會有什麼事。」余瑤溫和的聲音一出現，袁香兒心中的恐懼感也頓時消滅。

她不由想起年幼的時候，面對天狼山中的大妖，自己被嚇得雙腿發軟。但只要聽到師傅的聲音，那顆心也就和如今一般，瞬間安穩了不少。

「不要緊的，師傅。你好好看著，你不在的這幾年，香兒一點都沒有偷懶呢。」袁香兒掐指成訣，身前一道道黃光亮起。

妙道四周的海水驟然翻滾，巨大的水壓排山倒海地向他擠壓而去。

「渡朔的空間之力？」妙道皺起眉頭，施展防禦術法阻擋。

同一時間，頭頂之上海浪滾滾，大小不一的隕石從天而降，攜星辰之威衝向那尚未成型的法陣。

「星辰之力？妳為何也能驅使那隻天狼的天賦能力？」

袁香兒不說話，各種類型的攻擊鋪天蓋地地衝妙道而去。雖然這樣借用的術法威力大幅降低，但勝在大量且密集。

攻擊就是最好的防禦，在防禦法陣脆弱的時候，她毫不猶豫地用密集的攻擊減輕兩隻小魚的防禦壓力。

妙道連連躲避，心中鬱悶，他有些不明白這位無門無派、連師傅都不在身邊的小姑娘，憑什麼能像是不要錢一般灑滿漫天符籙。

他南征北戰討伐魔物多年，嗜血好戰是他的本性，這幾乎是他多年來第一次在戰鬥的一開始，就處於被動的守勢，不由心頭火起。

袁香兒借用朋友們法力的符籙灑完後，已經澈底破壞了妙道還來不及發揮威力的法陣。自己更是趁著間隙，在他的腳下布下鎖拿壓制敵人的四柱天羅陣。

陣盤的光芒亮起，法陣中的國師卻不以為意，他將兩指抵在唇上，那空洞的眼眶向袁香兒看來。

一眼之下，袁香兒便感到身軀傳來一陣僵直遲鈍的感覺。她想要向前一步，卻發現自己已經邁不開腿，一下就絆倒在海水之中。

她倒在敵人面前，連動一動手指都覺得渾身發軟，使不上力，只能艱難地掐了一個指訣。

「米粒之珠，妄想和日月爭輝。可惜了，再多給妳一百年，或許還真有和我一爭之力。」妙道居高臨下地看著那個還想要反抗的小姑娘。

「阿妙！」余瑤的聲音第一次帶上怒意。

「原來你也會生氣啊。」妙道笑得有些得意，「阿瑤，事到如今，你又能奈我何？若是主動交出你的金丹，看在朋友的份上，留你徒弟一具全屍倒也不是不行。」

他的話音未落，一隻額頭有著一抹殷紅的大魚從黑暗中現出身形，一頭將他狠狠撞開。

來者是丹邏，赤首黑鱗，攜紫電於深海，面對人間降妖除魔第一法師也毫不畏懼，短短一瞬就和妙道過了數招。

南河一行尾隨妙道來到南溟，卻因為沒有水靈珠護持，只有身為水族的丹邏勉強能潛入這樣深的海底，匡助袁香兒一臂之力。即便是它，在這樣壓力巨大的海底，也感到十分不適和勉強。

「孽畜，你這是找死！」妙道眼中的濃煙更盛。

丹邏在水中靈活游動的身軀驟然變得僵硬，開始向下沉去。

它一口叼住袁香兒的衣物，勉強擺動尾巴向海面的方向快速游動。

「想跑？只怕沒那麼容易了。」妙道凝指成爪，凌空一抓。

丹邏覺得越來越僵硬的尾巴，傳來一陣即將被人生生撕裂的劇痛，它用盡最後的力氣將袁香兒向上推去，「向上游……南河就在上面。」

在他們頭頂不遠處的海域，南河正極盡可能地潛下來。這裡的海溝極深，巨大的水壓壓得它的骨骼陣陣作響，肌膚和毛髮緊貼在身上，渾身出現了撕裂般的疼痛感。它知道自己已經到了潛入的極限，再也不能深入，但這裡離阿香依舊很遠。

隱約之間，它看見一點水靈珠的光芒從深海浮現，那是丹邏頂著袁香兒出現在腳下的深海。

南河努力向著袁香兒伸出手，「阿香，快上來！」

袁香兒抬頭，她已經能隱隱看見南河銀輝閃耀的身影，甚至還聽見了南河的喊聲。低頭看去，在她腳下，失去靈力的丹邏身形開始縮小，向著漆黑的海底墜落。海底深處，惡魔一般的敵人正抬頭等著它。

妙道看著從頭頂上墜落的丹邏，咧開嘴笑了。他急需一場腥紅的殺戮，來洗滌此刻心中難以壓抑的煩躁。

他舉起手臂，手指向掌心收緊，只要再用力一些，那隻中了自己術法的妖魔就會粉身碎骨，四分五裂而亡。

就在此刻，一柄骨白的小劍突然出現在他眼前，如游魚一般繞著他的右手手腕轉動一圈。

他那骨瘦如柴的手腕悄無聲息地脫離手臂，漂浮在深海中，被他自己的左手接住。手臂齊整的斷口處湧出大量紅色的血液，一瞬間染紅海水，幾乎遮蔽了他的視野。

袁香兒潛回海中，撈住縮為小魚的丹邏，將它護在自己的雙魚陣內。

那位國師低頭看著抓在自己手中的斷掌，面無表情地歪了歪腦袋，只是平靜地伸出他的斷臂，在水中輕描淡寫地一抹。

紅色的血液在海中鋪散開，彷彿一幅殷紅的水墨畫卷在海中成畫，赤紅的山川河流幾乎在一瞬間縈繞延伸成型，上下封住了袁香兒的退路。

「這是山河圖，三君祖師的成名絕技，如今世間只有妙道一個人學會。」余瑤的聲音從身後響起。

袁香兒回過頭，這次終於看清身後那具獨自在海水中、被侵蝕沖刷了多年的石像。半身石像的容貌淺笑溫柔，和記憶中師傅的面容如出一轍。

「師⋯⋯傅。」袁香兒忍不住喚了一句。

「香兒，把妳的手給我。」

袁香兒聽從余瑤的囑咐，將自己的手按在那石人的肩頭。

一股極其微弱的靈力波動從掌心流入，穿過她的經脈導向那柄骨白色的小劍。

「此劍名為雲遊，是師傅的隨身法器。既然妳師娘將它交給妳，那我今日便將它的用法傳授於妳。」

余瑤的聲音在袁香兒耳邊響起，一如當年在榕樹下，握著她的手指點她術法時一樣。

師傅微弱的靈力在她的經脈中流轉，引導著法力的運行，袁香兒閉上雙眼，駢出劍指。

骨白的小劍似乎遇到了極其興奮之事，在海水中嗡嗡響起劍鳴，一分為二，二分為三，三分為千萬支雪寒利劍，萬千劍影直衝著四周血紅的山河圖而去。

山河圖內變化萬千，無數赤紅的幽冥鬼物從半虛幻的畫卷中爬出，鋪天蓋地地向袁香兒席捲而來。

「害怕嗎？香兒。」

「不怕，師傅。香兒很厲害的，您好好看著香兒便是。」

萬千骨劍破山河血圖，霜劍寒光對煉獄血魔，沖天殺氣撞漫地怨靈。

「……」

余瑤在這時候說了一句什麼。

袁香兒一愣，突然轉過頭，「真的嗎？」

身前的石像依稀變幻為師傅當年的身影，長身玉立於庭院衝她點頭笑了一笑。

漆黑的深海在那一瞬間不見了，腥紅的鬼物，腐朽的國師，和溫和的師尊全都消失無蹤，眼前只剩一片無盡的純白。

袁香兒不久之前才進入過這樣的世界，那是屬於三君祖師的幻境。

果然，那純白無暇的世界裡，坐著一個眉目清雋的小男孩。

「那人精通我的成名術法，他向我許願，將傾畢生之力驅散妖魔，分化兩界，致力在人間延續我的意志。於是我將長生丹的要訣傳給他，以為他會是我衣缽的繼承者，可惜如今的他卻彷彿墮入了魔道。」小男孩的目光不知看向何處，在那裡自言自語。

袁香兒不明白他為什麼突然將自己從戰場上攝到這裡，她擔憂著獨自面對敵人的師傅，喊了一聲：「三君祖師？」

「從前，我看見人間亂象，世人不堪妖魔所擾，悲苦求生。我心中不忍，於是傾盡畢生之力，將人魔兩界分而化之，讓一切看起來井然有序。」小男孩支著腦袋，似乎有些苦惱，「後來我又發現，只要人間依舊還有靈力存在，永遠會有新的妖魔鬼物誕生於荒野人間。於是我聽從信徒的請願，將褪去的肉身煉為長生丹，同一隻擁有萬古靈力的妖魔做了交易，請它化身靈山鎮住靈穴，至此靈力不再外洩，斷絕了人間靈氣之根基。」

他抬頭看向袁香兒，「這樣人魔互不攪擾，各得其所，難道不應該皆大歡喜嗎？」

袁香兒看著他，沒有直接回答這個問題，「在我生活的家鄉曾有一片草原，那裡的猛獸以柔弱的兔子為食，兔子們在危機中苦苦求生。後來有人於心不忍，將猛禽獵殺，您知道最後情況如何嗎？」

「自然是那些溫和的小動物們，從此得以安心自在地生活。」

「情況和您想的可能不一樣，雖然說起來殘酷，但那些兔子沒了天敵後，卻開始過度繁殖，草原上的青草被啃食殆盡，難以復生，漸漸變為荒漠，兔子反倒逐漸餓死了。」

小男孩一手支著下頜：「這個故事倒是新奇，但我覺得妳是想要救助自己的師傅，才會用如此極端的話語來套我。」

「我只是覺得，這個世界上很多東西的存在都有它的道理，如果您不是心中存有疑慮，今日也不會招我進來吧？」袁香兒說道，「讓人間澈底斷絕靈氣，讓妖魔消失在人間，人類也再無修行之道，在我看來這未必就是一件好事。」

三君祖師沉默著不說話了。

袁香兒面對這位神靈，坦然說出一直縈繞在心頭的想法：「您大概也知道，我是從未來的世界來到這裡的。」

「我出生的那個世界，是在一千年之後。對很多妖魔來說，那也只是短暫的一段時光。但那時候的人類，已經澈底忘了妖魔的存在。」

袁香兒回想起曾經生活過的那個世界，雖然已經過去了快二十年，但在午夜夢迴的時候，依然時常恍惚，不知哪個世界才是真實的歸宿。

她不知道自己是否正確，只是對比如今的生活，仔細回想當初那種繁忙單調的日子，心中難免有所遺憾，遺憾那個時空的人類成為單一的智慧生物，失去這樣多采多姿的世界。

「在那裡，我們以為自己是世界的主宰，不再對自然界抱有敬畏之心，開始肆無忌憚地掠奪和破壞自己生存的家園。說句難聽的，在我剛來到這裡的時候，過度擴張的人口已經使得人類生存的空間和資源，出現緊缺的情況。」

小男孩頓時笑了起來，「妳這是誆我。儘管我看不見那個世界，但我留給浮世的土地何止萬萬里之大，人類那一點點的數量，又怎麼會到資源受限的地步呢？」

這回輪到袁香兒不說話了。即便是神靈，也並非全知全能，他或許也無法想像人類這個種族，最終會走向什麼樣的歸途。

三君觀察了袁香兒半晌：「這樣說來，妳說的是真的？不過一千年而已嗎？」

袁香兒向這位神靈行了一禮，「我向您保證，今日所言皆為心中所想，絕不是單單為了我的師尊。以我個人來說，我更喜歡如今這個世界，它豐富多彩，在這裡的人類擁有溝通天地、了解不同層面的能力。」

「是嗎？」小男孩盤膝坐在一片空白的世界裡，摸了摸自己的下巴，「妳先回去吧，讓我再好好想想。」

南河看著自己的腳下，那裡是漆黑無光、深不見底的深海。

阿香的面孔剛剛出現了一瞬，並且向著自己伸出求救的手。但下一秒又沉了下去，被那一片濃黑吞沒。

海底深處有著強大的敵人和未知的危險，而阿香和丹邏在那裡戰鬥，甚至分不出心神來告知它戰況。

南河很想下去，哪怕再多潛入一分也行。

它的肌膚不堪強大的壓力，已經出現崩裂，紅色的血液把周邊冰冷的海水染紅。

它的身體疼得厲害，心裡更是難受。

在自己最需要的時候，阿香每一次都能及時來到它的身邊。

它明明已經成年，一度以為自己終於能以強而有力的身姿陪伴阿香，彼此互相守護。

但此刻的它卻到不了、搆不著。

明明已經那麼接近了。

南河掙扎著向下游去，骨骼傳來尖銳的刺痛感，血液開始從體內大量流失。它突然想起自己似乎承受過這樣的痛苦，那時候的它還只是一隻小狼，承受離骸期的淬體重生之苦，渾身的骨骼和肌肉被拆散，由星輝重塑身軀。

在那樣的痛苦過後，它從屋內出來第一眼看見的，是坐在門外的阿香。

阿香向它伸出雙手，自己便帶著滿身的星光，跳進了那個柔軟溫和的懷抱。

南河突然睜開雙眼，那狹長的雙眸一片銀白，在黑暗的深海中透出星辰的光輝。天空中的星辰在那一刻變得明亮，無數強大的星力緩緩劃過蒼穹，從夜幕中沒入漆黑一片的大海。

海面上彼此對峙的渡朔和皓翰等妖魔，都忍不住抬頭看向夜空中這樣奇特的一幕。

此刻，在海底的最深處，袁香兒從幻境中醒來。她在三君祖師的幻境中滯留了片刻，她睜開雙目，雙眸一片清明。

在這短短的時間內，她的心緒變得平靜溫和，便是一直以來都琢磨不定的道心，在那純白的世界中走一遭後，都前所未有地堅固且穩定了起來。

袁香兒以清明的雙目看向妙道，而妙道那汙濁的瞳術幾乎無法再影響她的行動。

師傅的靈力緩緩從她的經脈中退去，就像幼年時學藝那般，師傅鬆開了自己的手。

年幼的她和此刻重疊在一起，她們一道回頭，師傅還站在原地衝著她笑，「可以了，阿香，妳試一試。即便師傅不在，妳自己也可以做得很好。」

於是袁香兒便不再懼怕。

她轉過頭，沉心靜氣，體內的靈力從未像此刻一樣，流轉自如，圓熟無礙。

袁香兒駢劍指在前，萬千瑩白的骨劍如臂指使，勢如破竹，剿滅山河圖中湧出的腥紅魔物。

那赤紅色的山川和河流在純白的劍光中分崩離析，血紅的世界開始崩塌潰散，露出妙道極為難看的面色。

他從未想過自己會敗給一位如此年幼的晚輩，這個世界也沒有留給他失敗的資格。對他來說，後退一步便是萬丈深淵，若這次失敗的話，等待他的只有滅亡。

妙道雙目中的濃霧收斂，他站在一片腥紅的廢墟中，直直地看著袁香兒和她身後的石像。

隨後那雙眼、口腔、斷腕處齊齊流下漆黑如墨的血液。

「阿妙，你為何要做到這種地步？」余瑤的聲音從袁香兒身後響起，「香兒，速速離開這裡，立刻走！」

自從跟隨師傅之後，袁香兒還從未見過余瑤疾言厲色的樣子。這還是她第一次看見余瑤如此嚴肅地說話，讓她嚇了一跳。

連番的戰鬥確實已經讓她感到十分疲憊，但不論師傅怎麼說，她都無法放心將不能移動的師傅獨自留在這裡。

崩潰的山河圖重新構建如初，赤紅的血色逐漸被如墨的漆黑替換。黑色的血液不斷從妙道的體內流出，勾連著墨染的山河萬物，形成濃黑煉獄。

黑化的四方神獸從那地獄圖中爬出，扭曲的身形迅速巨大化。黑龍搖擺龍身，張口咆哮，巨大的龍尾掃過，壓迫的氣勢使整座靈山為之震動。

猙獰的巨大龍頭張著漆黑大嘴，撼天震地地逼近袁香兒。

袁香兒懷中護著的是傷重的丹邏，身後是最敬重的師尊，她只能隻身持劍，一步不退。

一顆流星在這時候穿過大海，掉落在袁香兒面前，銀輝亮起，驅散深海的黑暗。隨著星光而來的是一隻銀光璀璨的天狼，星輝構建的身軀無懼巨大的水壓，一路落下星星點點的光芒，游到了袁香兒的身邊。

雄健的身軀星光璀璨，狹長的雙眸中一片銀白，它用星光構成的毛髮蹭了蹭袁香兒的身軀，「阿香，我來晚了。」

「哪裡，來得正是時候。」袁香兒一看來了後援，頓時精神振奮。她捲起袖子，「小南，和我一起揍死妙道那個老賊吧！」

巨大的天狼當先衝上前，一口咬住黑龍的脖頸，銀白的身軀和漆黑的龍身糾纏於深海，一時間翻江倒海，地動山搖。

在這樣激烈的戰鬥中，袁香兒反而很快找到了往日熟悉的合拍感，她抽身加入戰場。

長久以來經歷了那麼多場戰鬥，她幾乎每一次都是和南河並肩作戰，彼此之間默契十足，甚至不需要動用使徒契約溝通。

萬千劍雨，心隨意轉，時而攻向鱗甲堅硬的巨大黑龍，時而為戰鬥中的天狼擋住來自於敵人的攻擊。

修士和使徒之間，一近戰一遠攻。心有靈犀，密合無間，世無其右。

戰鬥正處於酣暢淋漓之際，一片黑水卻在不知不覺間蔓延到了余瑤的腳下。

妙道的頭顱從水中冒出，空洞的雙目宛如流淌著兩條黑淚。

「該收手了，阿妙。」余瑤的聲音從石像中響起。

「收不了，輸在這裡，我就只剩下死路。」妙道驟然從黑水中暴起，向余瑤撲去。

「糟了，師傅！」

袁香兒回身相護，卻有一隻手從她的身後伸來，攔住了她的動作。

那隻手不屬於人類，是由靈力構建而成，只是虛擋在袁香兒的身前，袁香兒卻乖乖停住了動作。

出現在她身邊的是余瑤的靈體，由靈質虛構而成的魂魄，一如當年袁香兒記憶中的模樣。它不再是布滿海藻的冰冷石像，而是帶著靈體特有的幽光，淺笑著看向袁香兒。

「師傅？」

「不要緊的，」余瑤笑著說，「那具身軀早已化為靈山，裡面既沒有我的魂魄，也不存在他想要的金丹。不過是一堆略帶靈力的石頭罷了，就讓他澈底死心吧。」

妙道的視野中，由靈力構建的世界裡，那流動著淡淡靈力的石像在他眼前分崩離析。他彷彿看見了自己唯一的朋友在眼前裂成數塊，余瑤那永遠溫和平靜的神色，依舊保留在碎裂的石塊中，帶著一點悲憫和同情，低眉看著他。

「沒有，怎麼會沒有金丹？」妙道抖著僅剩的左手，在地上胡亂摸索一通，「對了，不在化身中，必定是在本體內。是的，別想瞞過我，一定就在這座山裡！」

他施展通天徹地的術法，鑿開靈山向下搜索。然而不論他怎麼挖掘，出現在眼前的永遠只有略帶靈氣的山石。

這根本不是一具靈軀，更不可能還留有余瑤的金丹。

原來在封住靈穴之後，余瑤為了遵守永世不出的承諾，早已將自己的本體澈底石化。如今鎮守在此地的，除了袁香兒身邊那一縷神識，就只有一座龐大的石山而已。

袁香兒看著瘋狂的妙道，不知是否應該冒險前去阻止。

袁香兒很清楚，自己並不希望人間的靈氣澈底枯竭。但身處決定人類未來走向的歷史節點之間，她發覺自己和那位一度陷入茫然的神君一般，也開始不確定自己的觀念是否正確。

「不用介意，或許這個世間的任何事，都不應該過於絕對。總要留有一線才是正理。」余瑤在她的身邊說，「妳看，三君都沒有出手呢。」

袁香兒抬頭望去，果然看見三君化身的男孩懸立在妙道身後不遠處，正垂首看著自己的信徒。

他沉默地看了半晌，終究嘆息一聲，漸漸淡去身形，於人間消失無蹤。

瘋狂的妙道很快掘穿山脈，一縷靈泉從他挖掘的洞穴中湧出。那生機勃勃的靈氣如同泉水一般從洞穴中冒出，歡欣鼓舞地順著海底的山坡鋪散開來，逐漸滲透進人間的土地中。

從高處看去，在海底巨大的魚形山脈頭部，湧出了一抹熠熠生輝的噴泉，靈力的光芒讓死氣沉沉的黑暗世界變得流光溢彩，瑰麗生姿。

雖然只有這細細一抹靈泉，遠遠不如曾經靈力充沛的輝煌，但人間終究也保留了一絲靈氣的來源，未來也就多了無限的可能。

身處靈泉邊緣的妙道頹然地坐在地上，泉水一般的靈氣漫過他滿身血汙的身軀，他呆滯地低頭看著自己空落落的掌心。在他的腳邊，僅有幾片被自己親手打碎的石塊。多年謀劃一朝落空，壽元歸零之日近在眼前。

曾經叱吒風雲的國師，道門第一人的強者，咎由自取地落到了這種地步。

心慈手軟放過強大的敵人，不是袁香兒的作風。

她向師傅做了個偷偷下手的動作，「趁機幹掉這個變態。」

余瑤輕輕搖頭，「他已經沒有多少時日了。」

這種話不能說服袁香兒。

「其實我並不恨阿妙，」余瑤看著癱坐在山脊上的人類，安撫自己的小徒弟，「我甚至很感謝他。如果不是他，我根本無力將雲娘留在世間。那麼此刻的我，才真的不知道該以什麼樣的方式活下去。」

「可是……」袁香兒看著師傅半透明的靈體，想到師傅師娘天人永隔，自己永遠不能在師尊面前承歡膝下，心中百般難受不忍。

沒了身軀，魂魄終究無依，師傅的將來又該如何？

「……」余瑤附在袁香兒的耳邊，悄悄說了幾句話。

「真的？」袁香兒大吃一驚，開心地蹦了起來。

「當然是真的，師傅難道就像妳想得那樣愚蠢無知，不懂得留一點後路嗎？」余瑤笑盈盈地說，「從前沒有說，是因為沒把握，既然妳特意來看師傅，這件事就麻煩妳去辦吧？」

袁香兒心花怒放，忘了余瑤此刻還是一個虛無的靈體，伸手給它一個大大的擁抱，卻從師傅虛無的身軀中穿過去，頓時穩不住身形。

一隻有力的胳膊從旁伸過來，穩穩扶住了她。

沒有了妙道的控制，南河很快消滅了那隻從地獄圖中召喚出來的黑龍，隨後來到袁香兒的身邊。

相比起日日在身邊的師娘，和師傅已經多年未見了，袁香兒怎麼也不好意思開口。但想到下一次相見之日或許遙遙無期，她只得忍住羞澀，將南河推到面前。

「師……師傅，這位，是我的……咳……」

該怎麼說呢，是我相公？還沒成親呢。是我男朋友？師傅不理解這個詞彙。是我相好？怎麼搞得和偷情一樣。

袁香兒在忙亂中豁出去了，「反正就是我的人。」

她的臉紅了，偷瞄南河一眼，南河的臉比她更紅，銀色的星輝都蓋不住那一抹霞色。

袁香兒這下不窘迫了，拉住南河的手笑嘻嘻地說，「特意把它帶來給師傅看看。」

「天狼族？」余瑤用一種看女婿的挑剔目光上下打量南河。

「是，是的，見過師傅。」南河緊張得不行，剛剛獨戰黑龍的氣勢不知道丟到哪兒去了，慌忙中還不忘給自己加了一句，「已經成年了。」

余瑤笑了，「我曾給香兒起過一卦，料到她要走這一條路，那時候她還向我保證，絕不招惹天狼山的任何妖魔呢。結果不僅招惹了，還把妖王拐到了家裡。」

袁香兒完全不怕余瑤數落她，只是「嘿嘿嘿」地直笑。

余瑤伸出手，在袁香兒的額心輕輕一點，藏於袁香兒左眼中的黑紅雙魚浮現，那紅色小魚搖頭擺尾地離開它的同伴，向南河游來，一下沒入了南河的右眼之中。

「從今以後，無論你們彼此身在何處，都能用此陣裂開空間，將對方召喚到身邊，就當作是師傅給你們的見面禮吧。」余瑤說完此話，身形逐漸變得淺淡，「我這就離開了。香兒，期待和妳再次相見的那一天。」

第九章　團圓

從深海出來後，海面上的眾人仍然僵持不下。袁香兒二話不說，直接領著大家當先穿過傳送法陣，回到中原地區。

離開南溟後，她不是直接回去闕丘鎮，而是帶著眾人馬不停蹄地向大陸的北方飛行而去。

「去北虛。」她說，「我師傅在那裡。」

他們的腳程極快，不日間便抵達了天寒地凍的冰天雪地。

神鶴展翅，一掠千里，放眼望去，目力所及皆為皚皚白雪，茫茫冰原。

「太冷了，太冷了，我不適合這樣的地方。」烏圓坐在渡朔的後背直打哆嗦，「胡青姐，把妳的尾巴借我裹一下。」

丹邏也同樣面色發青，「我也……」

渡朔的翅膀歪了歪，烏圓差點就掉下去了。

烏圓一把抓緊它的毛髮，嚇得直亂叫，「我知道尾巴不能亂摸，但我這不是冷得受不了嗎？」

這裡實在是過於寒冷，他們飛得又高又快，除了胡青、南河、渡朔等本身就十分耐寒的魔物，其他人都有些受不了。

袁香兒：「下面有一座城鎮，降下去買一點皮裘衣物吧。」

冰天雪地的世界裡，人類活動的痕跡日漸稀少，卻還是能看見幾處充滿異域風情的城鎮。在這裡走動的不再是中原人士，多半是一些奇裝異服的民族。

袁香兒一行降落其中，向路人詢問。

「買大毛子？那只能是街頭第一家，毛料響噹噹得好，價格又實在。這兩年他家的分店幾乎開遍了冰原，是塊好招牌。」一位大鬍子路人舉起大拇指給袁香兒推薦。

順著他指出的方向，袁香兒來到那家門臉氣派的估衣鋪，招牌上掛著「丁翠軒」三個漢字。

進入店內，卻沒想到遇到了兩位熟人。

「袁先生，怎麼會在這裡遇到您？」丁妍一臉驚喜地從櫃檯後轉出來，身後還跟著那位毀了容貌的翠娘。

「哇，南哥，這位真的是丁妍嗎？」烏圓悄悄和南河嘀咕，「當年和將軍換了魂魄的那位娘子？我怎麼覺得她整個人都不一樣啦，人類也會變幻容貌嗎？」

「是不一樣了，不論是什麼樣的生靈，在不同的環境，就會活出不同的樣子。」

南河輕輕說道。

丁妍聽說了袁香兒的來意，低聲和翠娘交代兩句。不多時，翠娘領著人抬出一箱子輕便保暖的皮草。

「您千萬不能和我推辭。當年您託仇將軍留給我做生意的本金，我尚且不及歸還。這兩年來，手頭上的攤子總算起色。不過小小心意，還請萬萬笑納才是。」丁妍誠摯地握著袁香兒的手。

換上了暖和的皮草，丁妍跳上馬車，一路將袁香兒等人送出城外十餘里地，方才依依不捨地告辭。

袁香兒走了很遠，回首望去。寒風之中，那兩位歷經霜雪的女子攜著彼此的手臂，穩穩地立在純白的冰原之上。

不論在什麼樣的年代，這世間總有令人敬佩的女子。

袁香兒和她們揮手告別，一路往北而去，終於抵達了極北之地——北虛。

這裡是人跡罕至的冰洋，冰山在海面上漂浮，時時可以看見笨拙的海獅和海豹，偶爾還有鯨魚浮出水面。

「總算找到了。」袁香兒趴在一塊浮冰上，看著一條自由自在地在水中游動著的小小黑魚。

「這……就是師傅？這麼小隻的嗎？」烏圓忘了寒冷，一臉好奇地趴下來看。

一路上，袁香兒不停念叨著「師傅、師傅」，大家也都習慣這樣稱呼余瑤。

「啊，師傅的原型好可愛啊。」胡青在冰面上搖著九條尾巴，「我還以為會更大一些呢。」

「師傅用自己的金丹煉製成這具身外化身，但因為它捨棄了金丹和本體，這具化身需要修煉多年，才能恢復從前的記憶。」袁香兒摘下手套，小心翼翼地用木盆將懵懂無知的余瑤撈進盆裡。

她低頭看著在水中歡快游動的小魚，打從心底感到快樂：「走，把師傅帶回去，養在石桌的小世界內。」

等余瑤修回人形、恢復記憶，也不知道要多少個年頭。

但人只要有了盼頭，就比無望地等待要好上許多。

天狼山山腳下的家，迎到門口的雲娘從袁香兒手中，接過那個小小的木盆。

持著帕子的手遮住了丹唇，她忍了又忍，眼淚還是忍不住掉在了盆中的水面上。

木盆裡小小的黑魚露出圓溜溜的腦袋，似乎不明白這個人類為何哭泣。

終於請回師傅的袁香兒了結心頭第一大事，頓覺胸懷舒坦。

自此，小圃花開，友人濟濟，林陰樹下，最喜烏圓胡鬧。杯中常有酒，得閨密二三，把酒共賞奇文豔畫，有時私語竊竊，有時會心一笑。酒醉歸來，夢枕狼河，調弄得暖帳生香，輕言細喘，盡可以恣意輕狂。

這一日在厭女的亭院中相聚。

九頭蛇席地而坐，不緊不慢地吃著清源帶給它的烤乳鴿。九張面具一般的面孔毫無表情，看不出喜怒。

清源在一旁緊張地搓著手。他悄悄使了個眼色，門徒立刻抬進一大盆剛出鍋的爆炒紫蘇田雞，將那香嫩多汁的田雞擺在蛇的面前。

九張毫無表情的面孔突然現出豎瞳，粗大的尾巴一下掃了過來，將那盆田雞捲進自己身體的中間。

「如果你願意來清一教的話，我們每天都能給你吃這些。」清源看著有戲，試探性地說道。

「每……每天？」九張面孔瞬間抬起。

「別一副沒見過世面的樣子，他們人類每天都要吃飯，聽說還不只一頓呢。嘖，特別麻煩。」老者見不得自己朋友那副沒出息的樣子，出言提醒它。

九條蛇的眼睛登時亮了，再也端不住架子，「真的每天都吃得到這樣好吃的田雞和小鳥嗎？」

「當然，不止這些，還可以給你準備烤羊腿、醬牛肉、紅燒豬蹄、黃燜雞……換換口味。」

「結契，結，現在就結！」靈活的蛇妖一下來到清源的身邊，展現自己的價值，「結契以後，你需要我做什麼？我很能打架的，整座天狼山都沒有打得過我的妖魔。」

它抬起兩顆腦袋和清源說話，另外兩顆腦袋忙著吃田雞，剩下的五顆腦袋東張西望，生怕這吹牛的話被南河聽見了。

清源得到了第一位自願和自己結契的使徒，一時之間心花怒放。

這樣強大的妖魔，不用殊死戰鬥，也不用千里追蹤，竟然就這樣心平氣和地加入自己的門派了。

沒有任何同門為此受傷或是丟失性命，所費不過是多請幾個廚子，花一些金錢罷了，實在是太划算。

從袁香兒那裡學來的契約，對妖魔沒有束縛和控制的能力，這對清源來說，一度是艱難的決定。契約了九頭蛇後，他必須更加細心去了解自己新使徒的性情和習慣，並隨時準備好防禦和約束的法陣，以防九頭蛇妖性情大發而暴走，這對他來說十分麻煩。

但不管怎麼說，邁出了第一步，總是一個好的開端。

清源高高興興地將十年效用的延壽丹交給厭女，囑託她再為自己介紹使徒。之後在桌邊坐下，開口問袁香兒，「前兩日發生了一件大事，你們聽說了嗎？」

「何事？」

「洞玄教的掌教妙道帶著使徒闖入裡界，殺死了大妖塗山。」

「你說誰？妙道？」袁香兒以為自己聽錯了。

不久之前，她親眼見到妙道元氣大傷，幾乎已經到了油盡燈枯的程度，想不到他竟然會在這個時候前去裡世報仇。

妙道一生深恨塗山，卻不敢進入裡世挑釁這位勢力龐大的妖王。在生命的最後階段，對長生絕望的他，拚著魚死網破，反倒真的殺死了宿敵。

「當然，妙道也沒有討到好，不過是玉石俱焚罷了。那一戰過後，再也沒人見到他的身影，洞玄教的掌教之位，只怕要由他的弟子雲玄接任了。」清源搖頭嘆息，「我師姐聽得這個消息，便也準備歸隱裡世，說要在那裡尋求自己突破的機緣，大概不打算再回到人間界了。」

一代人黯然謝幕，自然會有鮮活的生命登上歷史的頂端。

無人的荒野之中，金瞳獨角的皓翰行走在野草亂石之間。

它背著一具殘缺的軀體，與其說是一個人，或許應該說是一具還吊著一絲氣息的屍體。

「原來，我並不是殺不了它，而是不敢……不敢拿我自己的命去拚罷了。」微弱的聲調在皓翰身後斷斷續續地響起，「看來……我也沒那麼恨它，或許我一直以來痛恨的，只是怯弱的自己。」

皓翰沒有回答，埋頭邁步前行。

「我……已經沒有力量控制你們，其他人都跑了，你為何還不走？」

「我說過的，我們監兵一族向來崇拜強者，從你打倒我的那一刻起，我就承諾過奉你為主。」皓翰腳下飛馳，「主僕一場，有始有終，我送你到最後。」

他在荒野中走了很遠，一直沒有再聽見任何動靜，在它以為妙道是不是已經死了的時候，身後突然傳來虛弱的自嘲聲，「上天待我終歸還不算太差，像我這樣的人，在最後的時候，身邊竟然還有……」

還有什麼，妙道沒有繼續說下去。

皓翰在一個人類的村莊附近停下腳步，這裡的路口處有一棵蒼老巨大的梨樹。

老樹的枝幹粗大虬結，不知道在此地紮根了多少個年頭，卻依舊生機盎然，開滿了一樹梨花。

皓翰問道：「就是這裡嗎？」

「有……沒有一顆梨樹，結滿果實，黃色的果實。」

妙道的眼睛不能視物，此刻無力再感受世間靈力的他，世界裡只剩下澈底的黑暗。

「現在是春天，怎麼可能有果實？只有花，一樹白色的花。」

空氣中飄來梨花淡淡的清香。

妙道覺得自己似乎回到了那個風吹麥浪的季節。

「朋友，開心一點吧，秋天是收穫的季節呢。」初次相識的友人坐在梨樹的枝頭，將一顆黃澄澄的果實遞給他，然而他卻沒能接住。

皓翰聽見身後傳來一句微不可聞的嘆息，「我……後悔了。」

蒼白的梨花飄落一地，身後再也沒有傳來任何聲音。

溫柔而強大的妖魔在梨樹下挖了一個坑，將失去生命的主人永遠埋葬在這裡。

時光荏苒，幾度春風，古老的梨樹始終駐立在原地，看盡人間聚散，獨自花開花落。

一位溫婉佳人提著竹籃從樹下走過，她的身邊跟著一位韶華正盛的少女。「雲娘子，袁小先生，家去啊？」田野裡勞作的農夫直起腰向二人打招呼。

這兩位是最近搬到他們村子的鄰居。

她們買下村裡一間廢棄的房屋，也不知怎麼收拾的，很快就修整得漂漂亮亮。白牆青磚，花開滿園，野趣盎然。

那庭院甚至移植進不少大樹，其中一棵榕樹枝繁葉茂，亭亭如蓋，很是醒目。那門庭中往來的客人也多，庭院內日日笙歌，熱鬧喧嘩。

兩位女主人性情溫和，和善好相處。年少的那位更是修行中的方士，雖然年輕但法力高強。不論驅邪避祟還是祝由十三科都十分擅長，收費又很低廉，村裡人有些頭疼腦熱的動靜，都喜歡前來尋她。不多時，袁小先生的名字便在村中被叫開了。

農夫想起幾日前，袁先生剛治好自家小兒子的頑疾。於是他飛快地從地裡掰了數根玉米，趕上二人，不由分說地將玉米塞進雲娘的籃子裡，最後笑呵呵地摸著腦袋遠遠跑開，「剛從地裡摘的，給小先生嘗個新鮮。」

看著那慢慢遠去的背影，農夫摸了一把額頭的汗，「袁小先生這樣年輕，沒想到已經是神仙一般的人物了，請她家去一回，我家狗蛋多年的毛病就給瞧好了，不服她都不行。」

和他並肩在田地裡勞作的老農直起脊背，瞇著眼睛看了遠處一會兒，「要說神仙一般的人，我們村多年前也出現過一位。」

「那是我爺爺輩的事了。」老農說起陳年舊事，「在我還小的時候，家中祖父時時告訴我，村子裡曾經有過一位神仙，那位仙人和他的妻子在咱們村住了好多年。不辭勞苦，為大家避邪去凶，排憂解難，護一方安危。如今咱們這還有人家供奉著他們夫妻的長生牌位呢。」

「哦，對了，那位仙人妻子的名字中好像也有個『雲』字，也叫雲娘子。」

袁香兒挽著雲娘的手，路過那棵墜著稀鬆果實的蒼老梨樹。

「自從搬來以後，我還沒走過這條路呢。師娘，這裡有一棵好大的梨樹。」

女孩子都有愛美之心，這些年來她好說歹說，用盡辦法，終於從清一教現任掌教清源的手中換取了一枚駐顏丹，得以永保青春容顏。

人看起來年輕，心態也跟著年輕。袁香兒遠遠瞧著那些小小的果實，起了玩心，想要上樹摘取。

「真是的，都多大的人了，還和妳師傅一樣。」雲娘看著那棵梨樹，想起舊日往事，「很多年前，我和阿瑤曾在這裡住過，那時候妳師傅也最喜歡爬這棵梨樹了。可惜如今這樹的年紀大了，果實結得也沒有當年那樣多了。」

雲娘和袁香兒擁有駐顏之術，和常人不同，不適合在一個地方久居。因為每過個一二十年，掩飾不住的時候，總要連人帶院地搬走，換一個地方居住。

好在袁香兒已經摸清了石桌小世界的妙用，能在每一次搬家的時候，把庭院內一應想要帶走之物，收入石桌的芥子空間，所以搬家倒也不是一件麻煩的事。

「咦，樹底下怎麼有一座墳塚。」雲娘撥開草叢，雜亂的長草中露出一塊被荒草掩埋的破敗墓碑，她嚇了一跳，「這是誰的墓啊？怎麼連個名字都沒有刻？看起來怪可憐的。」

她拔掉墓碑前的些許雜草，從竹藍中取出一小壺剛在集市上買的秋月白，擺在石碑前的土地上，「這個給你吧，祝你早一些投到好人家去。」

雲娘站起身招呼袁香兒，「回去吧，阿香。虺螣它們今日不是要來家裡嗎？早些回去準備一點好吃的。」

袁香兒卻看著梨樹下的陰影愣了半晌，方才勉強跟上，「我來了，師娘。」

午夜時分，萬物寂靜，逢魔之時。

袁香兒悄悄回到這棵樹下。

野草叢生的孤墳後立著一個昏暗的身影。

那人眼眶空洞，右臂截斷，渾身是傷，一如十來年前，那位國師死去時的模樣。

「這麼長時間過去，有什麼事還不能忘記？留在這世間幹什麼？」袁香兒對著那古樹後的一抹殘魂說。

暗啞冰寒的聲音從昏暗中傳來，「像我這樣一身罪孽之人，即使步入輪迴，也只有被打入畜生道的命運，為奴為役，任人驅使，有何生趣可言？不如就此慢慢消散於天地間。」

「原來你也知道自己的所為是罪孽？」人已經死了，袁香兒對他也不再有什麼怨氣，只是平靜地和他說話，「我的母親曾告訴過我，一個人犯了錯，就應當承擔自己造成的結果。懲罰雖然痛苦，但總有結束過去的那一日，好過永世沉淪。」

黑暗中的陰影沉默許久，帶著一絲苦笑，「說來也罷，生死道消，從頭來過，再無往日絲毫記憶。我已然不是我，又何必介意為人為畜，境況如何？」

袁香兒從懷中取出玲瓏金球，「若是想要離去，我可以送你一程。」

「妳……師傅呢？」那身影問道。

「師傅雖然不太好，總歸還活著，活著就還有那麼一絲希望。」袁香兒不願對這個人談起自己的師傅。

那殘破的幽魂在夜風中微微動了半步後，又慢慢退回去，在最後說道：「既然如此，那就有勞了。」

往生咒伴著鈴音，悠悠響徹在村郊夜色中。

一抹細細瑩輝穿過梨樹繁密的枝葉，告別枝頭零落的果實，向遠處飛去。

回屋的時候，南河早就醒了。

袁香兒在床邊坐下，攤開自己剛得到的紙頁，「我遇到妙道的殘魂了，他給了我這個。」

「這是什麼？」南河從暖帳中探出頭來。

「好像是煉製長生丹的配方。」

南河的眼睛一下就亮了，飛快接過那張紙看了起來。

「沒什麼作用，我已經熟讀了。」袁香兒鑽進南河暖烘烘的懷裡，「首先，這個藥引世間難尋，需要至純至善，靈力強大，歷經千錘百煉之物。」

「三君祖師化劫飛升的靈蛻，師尊置身靈穴洗滌的金丹？」南河說。

「妙道這個人好矛盾，他一邊討厭我師傅，一邊又覺得我師傅是至純至善之人，甚至覺得我師傅能和三君相提並論。」

「這樣的東西去哪裡找，還是別強求了。」袁香兒摟住南河，盡量說些愉快的話，讓它分心，「出去了半天，我好冷，快變出尾巴給我捂捂。」

俊美的男人把自己最為敏感的尾巴，交到了她的手上。

「師傅看不破生死，妙道也看不破。這世間又有幾人，能坐看自己最為珍重之人生命的消失？」南河靠在她的耳邊，「我有時候甚至慶幸，先離開的人是妳而不是我，不用將妳一個人留在世間，面對如此難以忍受的時刻。」

它滾燙的薄唇輕輕咬著袁香兒冰涼的耳廓，低聲傾訴自己的心思，「阿香，妳不用擔心我，我已經做好了準備，只要是妳的轉世，不論妳變成什麼樣子，是否容貌不同，是否性格不同，是否還是人類，我都會找到妳，重新愛上每一個妳。」

「妳只管放心過好妳的一生，其他的事就交給我。」

南河平時很少說情話。但只要它一開口，就比袁香兒說一百句還甜。

袁香兒把腦袋抵在它的胸前，不讓它看到自己溼潤的眼眶，下死手欺負身後那條顏色漸變的毛尾巴。

一時之間，芙蓉帳內吐麝生香，且將紅塵惱事拋卻，只爭朝夕，縱得恣意風流。

婁銜恩找來的時候，袁香兒並沒有認出他。

距離第一次在鼎州見面距今已有二十餘年，當時婁老婦人的這位長子還是一位正值壯年的大掌櫃，如今卻已兩鬢如霜，年華老去。

他身上戴著熱孝，將一封信恭恭敬敬地遞給了袁香兒。

袁香兒在那一瞬間就明白發生了什麼事。她緩緩站起身，勉強拿住了那白色的信封，半晌無言。

婁椿已經離世，這是她臨走之前特意留給袁香兒的一封書信。

「這麼多年過去了，先生還和當年一般無二。」婁銜恩的神色倒是十分平和，帶著生意人那特有的溫和富態。他向後揮了揮手，大門外一群僕人魚貫而入，將大箱小箱的禮物抬進來。

「這些年，母親多得先生關照，我心知先生不缺這些，但我等凡人，也只有這些身外之物能夠聊表寸心，還望先生不要嫌棄。」

隨後他整了整衣冠，匍匐於地，端端正正地給袁香兒行了一個隆重的大禮。

袁香兒伸手扶他，「你這是幹什麼？」

婁銜恩不肯起來，結結實實地給袁香兒磕了幾個頭，「這是我作為兒子，替母親行的禮。」他指了指袁香兒手中那封母親的遺書，「母親她走得十分安詳，唯有此事不能放心，還請先生務必盡力幫忙。」

此時正值冬季，天狼山上下著大雪。

袁香兒踩著雪，慢慢順著熟悉的山路往前走。

如今的住所離此地有些遙遠，袁香兒已經許久不曾來到這座承載了童年記憶的大山。

山中無歲月，溪流峽谷，白雪皚皚，青松華蓋，彷彿一切都和袁香兒幼年時期一模一樣。

袁香兒來到第一次見到厭女的那棵老槐樹前。

那棵樹和二十年前幾乎一模一樣，漆黑的樹枝上壓著白雪，沉默而寂靜，死氣沉沉。樹下新添了一塊光潔的小小石碑，碑上無字，只刻著兩個踢著玲瓏金球的少女。

厭女一動不動地站在樹下，愣愣地看著那塊石碑。它的肩上和頭頂都落著雪，顯然在此地站了許久。

「阿椿說，她不要埋在山裡，好讓我盡快忘了她。」察覺到袁香兒的到來，厭女沒有回頭，只是開始自言自語，「所以我把她送回去了，將她帶到她的家人身邊，只在這裡留下一塊石碑。這個不容易壞，可以保存很久。」

它轉過頭來，瓷白的小臉，烏黑的半長髮，褐色的短袍，赤著雙腳站在冰雪中，開口問袁香兒，「阿香，這次不論我怎麼等，她都不會再回來了嗎？」

袁香兒幾乎不忍心開口。

這裡的溫度實在很低，口中呼出的氣都化為一團白霧。

衣裳單薄的小女孩在蒼白冰冷的世界中，顯得那樣孤獨。

袁香兒在它的面前蹲下身，拍掉它頭頂的雪，將自己帶著溫度的帽子脫下來，戴到它的頭上。

「阿椿她希望的是，因為她在妳的生命裡出現過，使妳更喜歡這個世界，也更被這個世界珍惜。絕不希望妳因為她永遠消沉，一世鬱鬱寡歡。」

她說著這句話的時候，腦海中晃過的是婁椿留給她的那一封信。

『偷得十年陽壽，此生了無遺憾，唯願阿厭平安喜樂，不復孤寂。望君費心相助，椿叩首頓拜。』

「阿厭以後就和我住在一起，好不好？我那裡很熱鬧，有很多朋友，想必這樣阿椿她也能放心一些。」袁香兒向著孤身獨立於冰雪中的小女孩伸出手。

過了許久，那白生生的小手終於伸出來，搭上她的掌心。

袁香兒握緊那隻手，把她拉過來，緊緊抱在懷中，一路走出冰天雪地的世界。

小小的女孩趴在她的肩頭，一直遠遠看著落在身後的那棵槐樹，看著那樹下的石碑。

袁香兒肩頭的衣襟很快溼了一片。

「沒事的，我每年都可以陪妳回來看她。」她輕聲開口安慰。

「阿椿那樣的好人，一定會投胎到一個好人家，沒准將來還有機會遇到。」

「說不定她還會是一位小姑娘，那我們就教她踢玲瓏金球，再和她一起玩。」

「行了，行了，想哭就哭吧，這裡又沒有別人。」

「啊，別拿我的衣服擦鼻涕啊。」

虺螣的住處離阿厭這裡很近，既然來了，那肯定要順路去騷擾一番。

袁香兒等人進入院子的時候，虺螣正盤在房梁上打盹。

「怎麼不好好進屋睡，睡在這種地方？」袁香兒叫醒它。

虺螣一看到袁香兒，便高高興興地鬆開尾巴，從橫梁上溜下來，挽住袁香兒的胳膊，將她和南河、厭女一起請進屋中。

「你們怎麼來了？見笑了，我們蛇族到了冬季就比較容易犯睏。」

「妳家的韓小哥呢？」

「啊，佑之他去山裡學藝，如今一個月才能回來一次。我好想他啊。不過今日好像就是他回來的日子。」

早年的時候，不論虺螣和袁香兒怎麼規勸，韓佑之還是做出了自己的選擇，準備以凡人之身永居裡世。

裡世之內妖魔縱橫，是一個危險的地方。但它的靈力充沛，同樣是最適合修習之處。

在這裡，危險和機遇並存。

當初浮裡兩界分開的時候，就有不少修真門派的修士放棄人間的生活，搬遷遁入裡世。

他們躲避在妖魔罕至之處，小心翼翼地生存了下來。

韓佑之就是拜入這樣一個人類門派，成為了一位修行之士。

「佑之說，成為修士便能溝通天地靈力、鍛造身軀，壽命就會延長許多。在他見過的修士中，甚至有人能活到兩三百歲呢。」虺螣握住了袁香兒的手，「阿香，我總感覺他不久前還是個小小的孩子，怎麼一眨眼就那麼高了呢？我心裡好慌，好擔心他有一天突然就變成老頭了。」

庭院的門扇在這時候「吱呀」一聲響起，一位身披白裘的少年郎君推門入內。茅簷雪廬之下，抬首看過來的韓佑之容姿俊雅，美質良材。

果然，幾年不見，那位骨瘦如柴的少年已成謙謙君子了。

「小佑，你回來了！」胐朧極為高興，擺動尾巴上前迎接他，「阿香和南河也來了呢。」

韓佑之上前見禮，低頭對身邊的胐朧道，「阿朧等了我一個月，真是辛苦了。師傅說了，再過些時日，我便可以自行回家修習。妳和阿香姐且先坐著，我去燙幾壺酒，整治些菜肴，你們好邊吃邊聊。」

還在少年時期，韓佑之便十分擅長料理家務。如今長大了，身高腿長，在家務方面他絲毫沒有生疏，反倒更為嫻熟自然。

韓佑之褪去皮裘、挽起衣袖後走進廚房去，很快就托出四五碟小菜和米酒，招呼客人們入座。而自己又轉身出去，持掃帚抹布，動作麻利地打掃起庭院屋舍。

袁香兒不過和胐朧喝了三兩杯，初入之時凌亂不堪的庭院屋舍，已經變了一個樣子。

一切都在打掃聲中變得窗明几淨，井井有條了起來。

「人家一個月回來一次，回來就給妳打掃做飯，妳家的小佑真是太賢慧了。」袁香兒從窗臺看出去，忍不住讚嘆。

虺螣攪著帕子，看著窗外的少年：「當年看見李生變老了的模樣，我立刻就不喜歡他了。可是如今我發覺，如果換成小佑，不論他變成什麼樣子，我都只會越來越喜歡他。絕對，絕對不可能就那樣放手。」

「當初真應該聽妳的，早早放他回去。」虺螣捂住了面孔，「如今只要一想到小佑先離開的那一天，我就已經受不了了。阿香，我該怎麼辦？嗚嗚嗚。」

袁香兒這次不知道該怎麼安慰自己的朋友。

入道門之初，師傅便告誡過她，不應和妖魔有過於緊密的羈絆。但她自己還是避無可避地被那隻漂亮的天狼吸引，如今和虺螣一般，早已無可奈何地深陷了。

韓佑之收拾完庭院後，走到虺螣的身邊坐下，「我修習術法，唯一的所求就是追尋長生久視之道。」他給南河倒了一杯酒，彼此輕輕碰了一下，轉頭寬慰虺螣，「阿螣，妳不必過多思慮，無論如何，我必定竭盡所能，盡量不讓妳失望便是。」

時光真是神奇的東西，它能將青蔥少年變為耄耋老者，也能將怯弱不安的男孩，變成溫柔持重的男人。

從天狼山回來後，袁香兒心中的感慨頗多。

夜半時分，芙蓉帳中，一番肆意折騰之後，袁香兒趴在枕頭上，看著身邊紅透耳朵的南河。

「小南，我們這個樣子，在人類的世界裡，只能算是無媒苟合，也就是俗稱的『偷情』。」她伸手摸了摸南河的耳朵，「嘿嘿，雖然偷情好像比較刺激，但我覺得我們是不是應該要走一下流程？」

南河撐起身，覺得又驚又喜，顧不上自己洩露了一室春光，「阿香，妳是說……」

袁香兒和南河決定共結連理的消息傳出來後，整座小院都為之沸騰了。

烏圓、三郎和錦羽頂著布置喜堂的紅綢，大喊大叫著從庭院內穿行而過，身後拖著長長一抹喜慶的豔紅。

「阿厭，妳怎麼不來？」烏圓轉過頭，看見獨自站在牆角的厭女，朝它揮手，「快來和我們一起玩吧？妳也是小孩，和我們是一國的，小孩不用幹活。」

「對，快過來，在這裡小孩是不用幹活的！」三郎在紅綢下挪了挪，給厭女空出一塊空位。

「來……阿厭一起，咕咕咕……咕咕。」錦羽經過這些年的修行，已經可以簡單說出幾句人類的話語。

「快來玩啊，加入我們！」三個小朋友齊聲喊道。厭女咬了咬嘴唇，赤腳踩著庭院的柔草，衣袖翻飛，像是一隻美麗的蝴蝶，飛奔進那一片熱鬧的豔紅中。

雲娘親手在庭院內張掛彩綢燈籠。院子裡擺著一口大水缸，一隻小小的黑魚頂開水面的浮萍露出腦袋，似乎不明白這個人類為什麼突然開始哼起小調。

「阿瑤，香兒要成親了，你這個做師傅的開心嗎？」那個天天給自己好吃食物的女子，靠到了魚缸邊上，低頭對它說著它聽不懂的話語。

「你可是證婚人，也得出席婚宴，到時候我給你剪一朵小紅花，讓你頂在腦袋上。」雲娘伸出青蔥玉指，在那小魚光溜溜的額頭上輕輕摸了一下。

小魚嚇了一跳，一下沉入缸底。但僅僅過了片刻，又悄悄頂起一片浮萍，探出腦袋。

雲娘彎下腰，趁它不注意時，在它的額頭上落下一吻。

「不著急，阿瑤，你慢慢來，我等你。」

今夜銀河萬里，牛郎牽織女。

袁香兒爬上屋簷，看見獨坐在屋頂看星星的南河。

「怎麼坐在這裡？我們明天就要結婚了，你高不高興？」她站在梯子上，扒著瓦片，看著這個世界上她最喜歡的男人。

南河伸手將她拉上來，「我睡不著，好像有些緊張。」

袁香兒挨著它坐下，和它一起抬頭看著蒼穹上的銀河流光，「我也睡不著，那我陪你一會兒。今天的星星好像特別明亮，就像是知道我們要成親了一樣。」

南河注視著懸掛在天邊的天狼星，握住了袁香兒的手，「我真希望能有機會帶妳見一見我的父母兄弟，讓它們都知道，我找到了一位這麼好的伴侶。」

袁香兒卻彷彿沒有聽見它的話，她揉了揉眼睛，詫異地看著天空。

那顆遙遠得幾乎在另一個世界的天狼星，突然在夜幕上亮了一瞬。

那一點小小的星輝從遠處向他們直奔而來，落在袁香兒面前，繞著袁香兒轉了數圈，一種不太清晰的雜音從裡面傳出，「給兒媳婦……一點見面禮。」

袁香兒迷茫地伸出手掌，那星輝便鑽入她掌心的肌膚，頃刻間消失不見。

袁香兒踉蹌一步，捂住了腦袋，「奇怪，好像有什麼東西在和我說話……」

南河急忙扶住她，「阿香？」

阿香攤開掌心，發現那裡出現了一個小小天狼的圖案，像是一個胎記，又像是刺青。

『吾名溯源，乃狼族至寶，天狼族以我為聘，結兩性之好。』一種渾厚獨特的聲音在袁香兒的腦海中響起，『吾之能，穩固神魂，永世不散。』

「它說……它是來自於你爹娘給我們的禮物。」

袁香兒抬起頭看著南河，眼眸和夜幕中的星辰一般明亮。

「它有穩固神魂，永留記憶的功效。也就是說……」

「南河，我永遠都不會忘記你。」

——〈妖王的報恩〉完結——

高寶書版集團
gobooks.com.tw

YE 063
妖王的報恩（卷五）永恆

作　　者　龔心文
責任編輯　眭榮安
封面設計　虫羊氏
內頁排版　賴姵均
企　　劃　何嘉雯

發 行 人　朱凱蕾
出　　版　英屬維京群島商高寶國際有限公司台灣分公司
　　　　　Global Group Holdings, Ltd.
地　　址　台北市內湖區洲子街 88 號 3 樓
網　　址　gobooks.com.tw
電　　話　(02) 27992788
電　　郵　readers @ gobooks.com.tw（讀者服務部）
傳　　真　出版部 (02) 27990909　行銷部 (02) 27993088
郵政劃撥　19394552
戶　　名　英屬維京群島商高寶國際有限公司台灣分公司
發　　行　英屬維京群島商高寶國際有限公司台灣分公司
初　　版　2023 年 12 月

原著書名：《妖王的報恩》由北京晉江原創網絡科技有限公司授權出版。

國家圖書館出版品預行編目 (CIP) 資料

妖王的報恩 . 卷五 , 永恆 / 龔心文著 . -- 初版 . -- 臺北市：英屬維京群島商高寶國際有限公司臺灣分公司 , 2023.12
冊；　公分 . --

ISBN 978-986-506-864-6(第5冊 : 平裝)

857.7　　112019203